**ABBAS KHIDER**

# Der letzte Sommer der Tauben

Roman

Hanser

1. Auflage 2026

ISBN 978-3-446-28222-3

Vilshofener Straße 10 | 81679 München | info@hanser.de

Umschlag: © Lübbeke Naumann Thoben, Köln
Motiv: © JakeOlimb / Digital Vision Vectors / Getty Images;
© Heather Shevlin / Unsplash
Satz: Greiner & Reichel, Köln
Druck und Bindung: GGP Media GmbH, Pößneck
Printed in Germany

FSC
www.fsc.org
MIX
Papier | Fördert gute Waldnutzung
FSC® C014496

Für Mohamed –
nicht mehr auf der Erde
aber gewiss im Himmelszelt.
Zwischen den Flügeln bleibt
uns dort ein Nest.

## EIN ZERBROCHENER HIMMEL

Der vertraute Anblick der Tauben wird jäh unterbrochen. Die dicht kreisenden Schwärme geraten in Panik, lösen sich auf und fliegen in alle Richtungen. Drei meiner Tauben schließen sich fremden Gruppen an, zwei driften nach Westen, und ein weiteres Trio verschwindet hinter den Dächern.

Ein dumpfes Brummen zieht auf, tief und bedrohlich. Ich suche den Himmel ab, die Sonne blendet, ich kneife die Augen zusammen. Drei Hubschrauber zeichnen sich ab, gleiten wie Raubvögel aus Metall; ihre Rotoren zerschneiden die Luft. Das Dröhnen wird lauter, bevor die Maschinen langsam aus dem Blickfeld geraten, als hätte der Himmel sie verschluckt.

Mein Schwarm kehrt zurück, kreist über unserem Dach gestört in seinem Rhythmus. Ich nehme den Lockvogel aus dem Taubenschlag, setze ihn auf den Zaun. Sie landen, eine nach der anderen, die Köpfe nervös zuckend. Mit etwas Getreide lenke ich sie in den Verschlag. Doch zwei fehlen: das Ehepaar Regenbogen und Tänzer.

Ich suche erneut den Himmel ab. Auch die anderen Züchter stehen noch immer auf den Dächern der Nachbarschaft, stumm den Himmel prüfend, auf ihre verspäteten Tauben wartend. Eine Rauchwolke steigt auf. Die Hubschrauber waren es nicht; sie haben nichts abgeworfen, eine Explosion habe ich auch nicht gehört.

Der Himmel liegt unheimlich still da – kein Flügelschlag, keine Taube, kein Spatz. Nur schwarzer Rauch. Und genau dorthin, wo es brennt, muss ich jetzt. Mein Vater braucht Hilfe. Unser Laden soll vollständig auf islamische Kleidung umstellen.

Die Tauben werden ihren Weg nach Hause allein finden müssen. Sie werden wiederkommen. Sie müssen.

# DIE FLAMMEN DER ANPASSUNG

Unser Laden liegt dort, wo die Hektik des Basars auf die Stille der Medina trifft. Die Moschee al-Rahman thront über allem, ihre Minarette ein steinernes Mahnmal der Beständigkeit. Doch heute wankt selbst diese Standhaftigkeit. Rauch beißt in den Augen – riecht säuerlich nach verbranntem Stoff und geschmolzenem Kunststoff. Die Basarstraße brodelt: Pick-ups und Eselskarren stehen bereit, während Ladenbesitzer hastig ihre Auslagen sortieren.

Als ich fast bei unserem Laden angekommen bin, sehe ich das Feuer und viele Menschen, die sich dort versammelt haben. Drei Männer in schlichten, uniformartigen Gewändern stehen mit Gewehren an den Schultern um das Feuer herum. Ihre Haltung ist starr, ihre Blicke sind streng, eine Aura absoluter Macht umgibt sie. Zigarettenstangen, Poster und Kleidungsstücke werden in die Flammen geworfen. Niemand schreit, niemand protestiert. Es ist ein Schauspiel, dessen Premiere alle erwartet haben – der Tag, an dem die Reinheit des Glaubens alle unislamischen Farben und Formen verschlingen soll.

Am Ende der Straße entdecke ich meinen Vater. Er sitzt auf einem niedrigen Hocker vor unserem Laden, den Kopf gesenkt, die Schultern nach vorne gebeugt. Seine Hände ruhen auf den Knien. Die Sonne fällt schräg auf sein Gesicht, schneidet scharfe Linien in die Haut, die einst von Wärme und Stolz geprägt war. Jetzt wirkt er blass.

»Wo ist deine Mutter?«, fragt er, ohne den Blick zu heben.

»Bei Suad. Sie hat Bauchschmerzen. Vielleicht kommt Mutter später.«

»Allein?«

»Natürlich nicht.«

Er nickt kaum merklich, erhebt sich und verschwindet im Laden. Ich bleibe draußen stehen und betrachte das Schaufenster.

Wo einst leuchtende Stoffe und elegante Kleidung die Passanten anlockten, stehen jetzt Figuren, eingehüllt in Niqabs. Die Puppen wirken wie Gefangene in einem düsteren Albtraum.

Ich frage mich, was passieren würde, wenn diese starren Kunststoffgestalten zum Leben erwachten. Würden sie sich auflehnen? In meinem Kopf formt sich eine Geschichte. Onkel Ali wäre begeistert, wenn ich ihm davon erzählte. Vielleicht würde er mich sogar dazu ermutigen, sie aufzuschreiben.

Vor meinem inneren Auge werden die Figuren lebendig. Sie nutzen die Dunkelheit der Nacht, um ihre erstarrte Haltung hinter sich zu lassen. Während die Stadt schläft, legen sie ihre Niqabs ab, kleiden sich neu ein, luftig, bunt, mit Blumenmustern. Unter dem Sternenhimmel spazieren sie durch die Straßen, erleben für einen Moment das Gefühl von Freiheit. Doch ihre Freude währt nicht lange. Die Religionspolizei entdeckt sie. »Halt!«, schreien die bärtigen Männer, Waffen im Anschlag. Eine wilde Verfolgungsjagd beginnt. Kugeln durchschlagen die Körper dreier Puppen, ihre Bewegungen erstarren ein letztes Mal, die Männer zünden sie an. Feuer flackert. Zwei kleinere Puppen schaffen es knapp zu entkommen.

In meinem Kopf geht die Geschichte weiter: Jahre später kehren diese beiden Überlebenden zurück. Sie sind erwachsen, getarnt; bewaffnet mit Macheten lauern sie in der Dunkelheit, bereit, sich an den Unterdrückern zu rächen.

»Noah!«, ruft mein Vater.

»Ja?«

»Was machst du da? Ich brauche deine Hilfe!«

## DIE HAUTZENSUR

Meine Aufgabe besteht darin, Haare, Gesichter und nackte Haut zu schwärzen. »Nur die Augen der Frauen dürfen sichtbar sein«, erklärt mein Vater. Seine Hand deutet auf das Set aus Marker, Schere und Klebeband. »Mach die rechten Regale. Ich übernehme die linken. Wenn wir hier fertig sind, kümmern wir uns um die Ware im hinteren Raum. Die Verpackungen mit Unterwäsche wie Slips und Tops kannst du einfach auf den Boden werfen. Die kommen später weg.«

Mein Vater war noch nie redselig, doch heute wirkt er besonders wortkarg und ausgelaugt. Seine blasse Haut und die angespannte Haltung lassen ihn seltsam zerbrechlich erscheinen. Vielleicht sind es die Entzugserscheinungen, von denen meine Mutter spricht. Vielleicht ist es auch die Überforderung, die ihn lähmt.

Er zieht eine Verpackung aus dem Regal und schwärzt mit einem Marker das Gesicht der darauf abgebildeten Frau. Dann schaltet er den Standventilator ein, richtet ihn auf mich und kehrt zu seiner Arbeit zurück. Der Luftzug wirbelt einen vertrauten Duft durch den Raum – das Öl, mit dem Vater die Kleider parfümiert.

»Letzte Woche waren zweimal Leute von denen hier«, sagt er. »Ordnungspolizei, Religionspolizei, wer weiß das schon? Jeder bärtige Mann mit Gewehr und einer Armbinde des Kalifats ist das Gesetz.«

Er erzählt, dass sie ihm eine Liste mit Anweisungen übergeben hätten. Die Schaufensterpuppen müssten anders bekleidet, die Regale umgestaltet werden. Sie gaben ihm auch Adressen für neue Ware: lokale Textilwerkstätten, die sich auf islamische Bekleidung spezialisiert haben. Gestern traf eine Lieferung ein.

»Vielleicht bekomme ich bald bessere Stoffe – Seide und Baumwolle aus dem Ausland.« In seiner Stimme liegt keine Zuversicht, nur Aussichtslosigkeit.

Ich entferne die großen Bilder von freizügig dargestellten Frauen und lasse sie zu Boden gleiten. Sie segeln wie welke Blätter, die der Wind von den Bäumen reißt. Ich repariere die Hüllen mit Klebeband und stelle sie zurück ins Regal. Die Verpackungen, die lediglich Gesichter zeigen, übermale ich mit dem schwarzen Marker. Es fühlt sich an, als würde ich Verse aus einem anmutigen, aber verbotenen Gedicht auslöschen.

Während ich arbeite, fällt mir auf, dass mein Vater wirklich gar nichts vorbereitet hat, obwohl er eine Woche lang Zeit hatte. Worauf hat er gewartet? Auf eine Erlösung, wie Onkel Ali sagen würde? Oder auf ein Wunder? Darauf, dass diese neuen Regeln nicht wirklich durchgesetzt würden? Jetzt bin ich hier, um ihm zu helfen, weil er es allein nicht schaffen würde.

Das Schwärzen der Gesichter ist eine merkwürdige Aufgabe. Grotesk. Onkel Ali sagte neulich, dass die Mudschahedin mehr Angst vor Frauenhaut hätten als vor der amerikanischen Marine. Er hat recht, denke ich. Von allen absurden Regeln, die Erwachsene aufstellen, ist diese die verrückteste, die ich in meinem vierzehnjährigen Leben kennengelernt habe.

»Die Augen dürfen sichtbar sein«, sagt mein Vater, als er sieht, wie ich ein Gesicht vollständig schwärze.

»Bist du jetzt ein Scharia-Experte, Papa?«

Er hebt den Kopf und sieht mich an. Sein Blick ist streng, doch die Müdigkeit darin nimmt ihm die Schärfe. »Sei leise!« Ein Lächeln huscht über sein Gesicht.

## REGENBOGENS TREUE

Während ich weiter die Haut auf Verpackungen zensiere, schweifen meine Gedanken zu Regenbogen und Tänzer. Hoffentlich haben sie den Weg zurück nach Hause gefunden. Sie sind die beiden Einzigen, die sich so nah an mich herantrauen, dass ich sie berühren kann, ohne dass sie erschrocken auffliegen.

Es war im vergangenen Winter, gerade Mittag: Der Regen hatte nach zwei Tagen ununterbrochener Fluten endlich aufgehört, der Himmel spannte sich matt und farblos über die Stadt. Mein Taubenschwarm, zu lange eingesperrt, stieg voller Energie auf. Ich sah ihm nach, erleichtert, bis mein Blick auf Tänzer fiel. Sein Flug geriet ins Straucheln, dann stürzte er ab.

Ich rannte vom Dach auf die Straße. Da lag Tänzer regungslos auf dem kalten Pflaster. Vorsichtig hob ich ihn auf. Ein dunkelroter Fleck zeichnete sich auf seiner Brust ab. Der Gedanke, ein Kind könnte ihn mit einer Steinschleuder verletzt haben, bohrte sich in meinen Kopf. Die Jungen aus der Nachbarschaft waren für ihre grausame Treffsicherheit bekannt.

Als Onkel Ali am Nachmittag nach Hause kam, untersuchte er Tänzers Flügel, seinen Bauch und die verletzte Stelle. »Vielleicht ein gebrochener Knochen«, murmelte er, »oder nur ein tiefer Bluterguss. Wir werden sehen.«

Tag für Tag überwachte ich Tänzer, doch er blieb in seinem Nistkasten, sein Körper wie erstarrt.

Regenbogen wich nicht von seiner Seite. Behutsam fütterte sie ihn, brachte ihm Wasser und putzte sein Gefieder, als wollte sie ihm den Schmerz aus den Federn kämmen. Selbst als ich den Schwarm mit der Vogelschreckfahne in die Luft jagte, blieb sie bei ihm, unbeeindruckt von der drohenden Gefahr.

Zwei Wochen lang war das ihre Routine: Regenbogen pflegte Tänzer, und allmählich zeigte er wieder Regungen. Als er zum ersten Mal den Nistkasten verließ, folgte sie ihm, dicht wie ein Schatten. Während die anderen die Luft eroberten, blieb sie bei ihm.

In der dritten Woche ließ ich den Schwarm fliegen, Tänzer und Regenbogen saßen nebeneinander auf dem Zaun. Tänzer zögerte, als sich die anderen in den Himmel erhoben. Dann, mit einem entschlossenen Flügelschlag, folgte er ihnen. Regenbogen war dicht hinter ihm. Gemeinsam umkreisten sie das Haus, losgelöst von der Gruppe. Ihre Bewegungen wirkten wie ein stilles Versprechen.

Sie kehrten zurück, landeten auf dem Zaun. Tänzer richtete sich stolz auf, fächerte seine Schwanzfedern auf und gurrte. Regenbogen neigte den Kopf, setzte sich unter ihn.

Auch am Abend saßen die beiden noch auf dem Zaun, ihre Silhouetten zeichneten sich schwarz vor dem glühenden Sonnenuntergang ab. Regenbogen klatschte mit den Flügeln, Tänzer folgte. Gemeinsam erhoben sie sich, umkreisten das Haus in sanften Bahnen. Ihr Flug war ein Tanz, ein Bekenntnis zu ihrer Treue. In ihrer Verbundenheit sah ich etwas Geheimnisvolles, etwas, was mir kein Mensch je so klar zeigen konnte. Ich weinte.

Jetzt fahre ich mit dem Marker über das schwarze Haar der Frau auf der Verpackung – Schwarz auf Schwarz. Dieselbe Farbe, und doch soll die echte, die ihr von Gott gegebene, verschwinden. Jemand hier hat Sinn für Ironie. Entweder Gott. Oder die Mudschahedin.

## DAS DÄMONISCHE KICHERN IN DER MOSCHEE

Kurz bevor die Muezzins zum Mittagsgebet aufrufen, drängt mein Vater mich aus dem Laden und schließt die Tür hinter uns. Auch die anderen Ladenbesitzer beeilen sich, ihre Geschäfte abzuschließen. Während der Gebetszeit ist Arbeit verboten, und wer sich nicht daran hält, riskiert Verhaftung – oder Schlimmeres.

Der weitläufige Hof der al-Rahman-Moschee ist überfüllt, doch die Menge bewegt sich ruhig, fast rhythmisch. Männer drängen zu den Wasserhähnen, wo die Waschung beginnt. Mein Vater reiht sich ein, ich folge ihm.

Das Wasser rauscht ununterbrochen. Hände gleiten über Gesichter, Arme, Füße – eine fließende Choreografie. Vaters Bewegungen sind präzise, diszipliniert, beinahe mechanisch.

Der Gebetsraum empfängt uns mit einer heißen Luft, die von Ventilatoren nur weiter verteilt wird. Ein leises Summen erfüllt den Raum, das Flüstern von Männern, die in geordneten Reihen stehen, die Köpfe geneigt. Sie rezitieren Verse des Korans, warten auf den Gebetsruf.

Ich schiele nach bekannten Gesichtern in der Menge. Da entdecke ich Mohamed, meinen Klassenkameraden, in der dritten Reihe vor mir. Er steht mit seinem Vater Nurullah zusammen. Immer wieder dreht er den Kopf und schaut zu mir hinüber. Sein Gesichtsausdruck ist vertraut – und doch verstörend. Dieses schiefe, wissende Lächeln. Er weiß, dass ich die Gebetstexte nicht kann.

Plötzlich steigt ein Lachen in mir auf, ein Kichern, das wie ein Dämon an meiner Kehle zerrt. Ich presse die Lippen zusammen. Nicht hier. Nicht jetzt. Der Gedanke an Mohameds wissendes Grinsen und die eigene Unsicherheit lodern in mir wie ein Feuer. Erinnerungen an das letzte Mal schießen durch meinen Kopf: Es war bei einer Beerdigung, ich bekam einen Lachanfall. Mein Vater sprach danach tagelang nicht mehr mit mir. Aber hier, in der Moschee, wäre es mehr als peinlich. Es wäre gefährlich.

Ich senke den Blick, konzentriere mich auf meinen Atem. Dann hallt die Stimme des Imams durch die Lautsprecher: »*Allahu akbar.*« – »Gott ist groß.« Das Gebet beginnt. Die Worte füllen den Raum und sinken auf uns herab. Ich murmele die Sätze, die ich kenne, lasse meine Lippen formen, was sie wiedergeben müssen, während sich mein Herzschlag langsam beruhigt.

Ich schließe die Augen. Aber Mohameds Grinsen bleibt. Selbst in der Dunkelheit. Es will nicht weichen.

## AL-PACINO-BANDE

Nach dem Gebet strömen die Männer durch das weit geöffnete Tor der Moschee ins Freie. Schulter an Schulter ziehen sie hinaus in den Hof, wie Ameisen, die ein Nest verlassen. Mein Vater grüßt flüchtig Bekannte, wechselt mit ihnen ein paar knappe Worte, bevor er mit Mohameds Vater Nurullah und anderen Männern in den Schatten der Moscheewand tritt. Dort vertiefen sie sich in ein Gespräch. Mohamed und ich ziehen uns in eine andere schattige Ecke zurück.

Die Luft steht, drückend. Mohamed wischt sich den Schweiß von der Stirn; seine schwarze Che-Kappe sitzt schief. »Ich hasse diese Hitze«, fächelt er sich Luft zu. »Wie geht's dir?«

»Zwei meiner Tauben sind nicht zurückgekehrt. Wegen der Hubschrauber und des Rauchs.«

»Bist du traurig?«

»Sie kommen zurück, ich weiß das. Hast du was von Shirzad gehört?«

»Nichts.«

»Ich auch nicht.«

Shirzad war einer von uns, der Dritte in unserer Clique. Wir nannten uns »die Al-Pacino-Bande«, nach dem Film *Der Pate*: Al Pacino kassiert einen Schlag und zeigt keine Regung. Das übten wir. Wir trainierten, Schmerz zu ignorieren, schlugen uns mit Stöcken auf die Hände und taten, als wäre nichts gewesen. Im Unterricht provozierten wir die Lehrer, bis sie uns nach vorne riefen. Mit grinsenden Gesichtern ließen wir uns bestrafen – ohne eine Miene zu verziehen. Härte war unser Markenzeichen: hart wie Al Pacino.

Unser Ruf verbreitete sich schnell. Auf dem Schulhof flüsterten die Jungs aus anderen Klassen über uns. Sie nannten uns »die Esel«, weil wir so viel aushielten. Gefürchtet waren wir jedoch nicht, denn wir waren keine Schläger. Nur Shirzad beherrschte Karate, sprang mit Leichtigkeit in die Luft, schlug mit einem Fußtritt zu, als wäre es ein Spiel.

Shirzad war unser Anführer. Er war unerschütterlich – und anders. Er ist Jeside. Manche nannten ihn »den Stinker« und erfanden absurde Geschichten über seine Religion: Jesiden würden Satan verehren oder Rituale in Toiletten abhalten. Shirzad selbst wusste wenig über seinen Glauben. Was er erzählte, klang wie aus einer Legende. »Unser Gott ist der Pfau, der Frieden bringt, wenn alle anderen Götter scheitern.«

Seine Familie stammt aus der Grenzregion. In unserer Stadt lebten sie zurückgezogen. Shirzads Vater hatte als Jeside eine Muslimin geheiratet, gegen den Willen beider Familien. Das Paar war geflohen, hatte sich hier ein neues Leben aufgebaut. Der Vater arbeitete als Verkäufer in einem Schmuckladen, die Mutter in einer Bank. Shirzad und seine Schwester wurden jeden Tag von ihrem Vater zur Schule gefahren.

Seit die Mudschahedin die Stadt kontrollieren, ist von Shirzads Familie keine Spur mehr. Niemand weiß, wohin sie gegangen sind. Vielleicht sind sie rechtzeitig geflohen. Vielleicht auch nicht.

»Inzwischen vermisse ich die Schule.«

»Ich auch«, sagt Mohamed. »Aber ich habe gehört, dass die Schulen bald wieder öffnen.«

»Hoffentlich.«

»Und was lernen wir dann?«

»Alles wie vorher, aber religiöser. Islamische Mathematik und verschleierte Naturkunde.«

»Was soll das sein?«

»Ein Engel plus zwei Engel ergibt was?«

»Drei Engel?«

»Falsch. Eine Engel-Gang.«

Mohamed schüttelt den Kopf. »Du bist ein Idiot.«

Wir lachen, aber nur kurz. Die Leichtigkeit verfliegt, als sein Vater ihn ruft. »Tschüss«, sagt Mohamed. Ich bleibe für einen Moment stehen. Shirzad fehlt. Als hätte jemand unsere Geschichte mitten im Satz zerrissen.

## VERLORENE MELODIEN

Mein Vater und ich nehmen im kleinen Restaurant »Haifa« Platz, einige Geschäfte von unserem entfernt. Drei freie Tische stehen zur Auswahl. Am Ende des Raums befindet sich das Bad, vorne an der Theke werden die Gerichte des Tages in großen Töpfen und Pfannen präsentiert. Abu Naser, der Besitzer, sitzt hinter der Kasse.

Die Ventilatorblätter über uns wirbeln lautstark warme, zähe Luft herab. Ein Rekorder auf einem schwebenden Regal über der Kasse spielt religiöse Gesänge.

Früher erfüllten die Klänge von Firuz, Umm Kulthum und Nazem al-Ghazali den Raum und ließen die Herzen der Gäste höher schlagen. Das »Haifa« war bekannt als eines der wenigen Restaurants auf dem Basar, in denen klassische arabische Musik zu hören war. Die meisten anderen Lokale hier in der Gegend spielten eher moderne Gesänge, die mein Vater allerdings als »Gebrüll mit schwachsinnigen Texten und störender elektronischer Musik« bezeichnete, »die den Ohren und der Seele wehtun«.

Abu Naser hätte die klassische Musik niemals freiwillig durch religiöse Gesänge ersetzt, aber ihn zwingt, wie mein Vater mir verrät, die Ordnungspolizei dazu.

Mein Vater ist altmodisch, mag Folklore und alles, worauf der Staub der Zeit liegt. Früher sang er hier mit, besonders bei al-Ghazali, dessen Stimme er als »himmlisch« pries. Er liebt dessen Lieder genauso wie Abu Naser. Ich habe oft erlebt, wie beide zusammen ein ganzes Lied mitsangen, während die Kunden sie bewunderten.

Doch das ist Vergangenheit. Im Kalifat sind alle Lieder und Musik als »Klänge des Teufels« verboten. Die Sehnsucht nach den verlorenen Tönen ist deutlich in den Gesichtern der beiden Männer sichtbar.

»*Salam aleikum!* Was darf ich euch heute servieren? Es gibt Reis und dazu vier Soßen: Bohnen, Zucchini, Aubergine und Okra«, begrüßt uns der Kellner.

»Bohnen«, bestellt mein Vater.

»Das Gleiche«, sage ich.

»Getränke?«

»Chai.«

»Pepsi Zero, bitte!«

Er schaut mir in die Augen und lächelt.

»Noah! Heute habe ich echt keine Lust auf deine Scherze! Ich bringe dir Chai!«

# DER PFAD DES TEPPICHHÄNDLERS

Bohnensoße bei der Hitze zu essen, war keine gute Idee. Sie liegt wie Steine im Magen. Ich sehe die Müdigkeit in Vaters Gesicht, seine Bewegungen sind langsam. Auch ich fühle mich träge. Deshalb entscheidet Vater, dass wir eine Stunde Pause machen. Er geht in den hinteren Raum des Ladens, wo ein kleines Sofa steht, das er benutzt, wenn die Tage lang und heiß sind. Ich ziehe mein T-Shirt aus, lege mich auf die kühlen Fliesen und bleibe vor dem Ventilator im vorderen Raum liegen.

»Weißt du, was?«, sagt Vater.

»Was?«

»Es war ein Fehler, ein Textilgeschäft zu führen. Ich hätte auf deinen Opa hören sollen.«

Ich blicke durch die offene Tür zu ihm. Sein Blick ist an die Decke geheftet, als könnte er durch den Putz hindurch in eine andere Zeit schauen. Vielleicht sieht er sich selbst, jung und voller Elan, an der Seite seines Vaters, Opa Derwisch, wie sie gemeinsam auf dem Basar Teppiche verkaufen?

»Teppiche sind einfacher«, murmelt er. »Sie ändern sich nicht. Die Leute kaufen sie so, wie sie sind. Man kann sie überall kaufen und verkaufen.«

»Möchtest du wieder Teppiche verkaufen, Papa?«

Er antwortet nicht.

»Vater?«

Er schläft.

Ich bleibe liegen und starre an die Decke. Seine Worte hallen in mir nach. Vielleicht hat er recht. Teppiche bleiben, während alles andere vergeht.

Opa Derwisch hatte das Geschäft von seinem Vater übernommen und es später an meinen Vater weitergegeben. Doch irgendwann verließ mein Vater den alten Pfad, den seine Familie über Generationen beschritten hatte. Statt auf Beständigkeit zu setzen, wählte er Kleidungsstücke, die wechselten wie die Jahreszeiten – im Takt der Mode.

Jetzt wirkt es, als hätten er und Onkel Ali ihren Halt verloren. Opa hatte ihnen das Geschäft und das Lagerhaus hinterlassen. Mein Vater behielt das Geschäft und stellte es auf Mode um, während Onkel Ali das Lagerhaus in ein Café umwandelte, »Das Halsband der Taube«. Beide gaben die Tradition der Teppiche auf. Nun kämpfen sie: mein Vater gegen Verbote und schwindende Einnahmen, Onkel Ali gegen die Schließung seines Cafés.

Heute ist Onkel Alis letzter Arbeitstag. Die Ordnungspolizei hat die Schließung angeordnet, und es gibt kein Zurück. Seine Zukunft ist ungewiss. Traurig wirkt er nicht. Aber Onkel Ali war schon immer verschlossen. Man sieht nie ganz, was in ihm vorgeht. Vielleicht verbirgt er seinen Kummer einfach besser als andere.

Das Wohnhaus, das Opa einst mit eigenen Händen gebaut hat, ist längst geteilt; mitten durch den Hof verläuft eine Mauer. Dadurch sind zwei Haushälften entstanden, jede mit eigener Tür zur Straße, mit Fenstern zum Hauptplatz gegenüber, eigenem Hof, eigenem Dach – und eigenem Bad. Onkel

Ali lebt auf der einen Seite, wir auf der anderen. Ich bin der Einzige, der einen Schlüssel zu Alis Haus hat. Tagsüber lebe ich praktisch bei ihm. Wer mich besuchen will, klopft nicht an die Tür meiner Eltern, sondern an die seines Hauses. Wenn er nicht da ist, kümmere ich mich um die Tauben auf seinem Dach. Es war Onkel Ali, der vor zwei Jahren vorschlug, mir zu helfen, einen Schwarm aufzubauen. Er hatte bemerkt, wie sehr mich die Vögel faszinierten.

Früher war auch meine Mutter ein wichtiger Teil des Geschäfts, besonders wenn Saliha, die Teilzeitkraft, nicht da war. Viele Kundinnen wollten lieber von einer Frau beraten werden, und Mutter hat eine Geduld, die Vater oft fehlt. Doch jetzt steht sie nur noch in der Küche oder kümmert sich um Suad, während Vater allein im Laden zurückbleibt. Sie spricht nie darüber, aber manchmal sehe ich, wie sie am Fenster steht und in die Ferne schaut, als würde sie einen Teil von sich vermissen. Vielleicht erinnert sie sich an die Zeit, als sie noch im Geschäft stand, mit Kundinnen plauderte und Vater half, etwas aufzubauen. Jetzt bleibt ihr nichts anderes übrig, als zuzusehen, wie alles zerfällt. Ihr Schweigen wiegt mehr als sämtliche Worte von Vater und Onkel Ali.

Aber was vergangen ist, lässt sich nicht zurückholen. Nur die Tauben finden immer wieder heim. Sie sind mein Erbe von Onkel Ali, sie verbinden uns wie unsichtbare Fäden, die alles zusammenhalten. Denn sie kehren stets zurück, sie wissen, wo ihr Zuhause ist – egal, wie weit sie sich entfernen. Vielleicht ist es das, was ich an ihnen am meisten bewundere: ihre Treue, ihre Rückkehr.

## DIE HINRICHTUNG VON MARLBORO

Der Nachmittag neigt sich dem Ende zu und mit ihm unsere mühsame Arbeit. Verpackungen mit Bildern, die schwer zu schwärzen waren, auffällige Kleidungsstücke wie Abendkleider und Tops sowie farbenfrohe Stoffe sind nun ordentlich in sechs großen Säcken verstaut.

»Was machen wir mit den übrig gebliebenen Abendkleidern?«, frage ich meinen Vater.

»Ich werde versuchen, sie als Hauskleidung oder Nachthemden zu verkaufen«, sagt er und streicht sich mit einer Hand über die Stirn. »Vielleicht klappt das. Hoffentlich haben die Kontrolleure keine Einwände.«

»Findest du das nicht irgendwie seltsam?«

»Was meinst du?«

»Abendkleider als Pyjamas.«

Er überlegt kurz. »Ja.«

»Das ist, als würde man ein Auto nicht fahren, sondern darauf sitzen und es wie ein Pferd reiten.«

»Diesen Vergleich hast du bestimmt von deinem Onkel.«

»Das ist mein eigener Gedanke!«, protestiere ich lachend.

Wir tragen die Säcke vor den Laden. Mein Vater schließt die Tür ab, nimmt zwei der Säcke und macht sich auf den Weg zur Feuerstelle am Ende der Straße. Ich ergreife die restlichen Säcke und folge ihm.

Vor der Feuerstelle stehen zwei Menschen in schwarzen Uniformen neben einem weißen Pick-up, auf dessen Seite die schwarze Flagge des Kalifats prangt. Ein Mann mit drei Säcken wartet. Weiter vorne werfen zwei Männer Zigarettenstangen aus Kartons in die Flammen. Der Rauch breitet sich in alle Richtungen aus, doch kein einziger Schaulustiger ist zu sehen. Vielleicht haben die Leute das Interesse an diesen Vernichtungsritualen verloren.

Die Hitze des Tages ist erträglicher geworden, eine leichte Brise mildert die Schwüle. Doch der Gestank verbrannter Zigaretten verdrängt jeden anderen Geruch.

»Marlboro wird hingerichtet, verbrannt wie die Hexen im Mittelalter«, flüstert plötzlich jemand in mein Ohr. Es ist Onkel Ali. Sein Auftauchen überrascht mich, und ich kann mir ein Lachen nicht verkneifen. In solchen Momenten ist er der Einzige, der Witze macht.

Wie gewohnt trägt er eine schwarze Hose und ein kurzärmeliges blaues Hemd. Sein Gesicht ist unrasiert, und seine Haare fallen ihm bis auf die Schultern. Er legt eine Hand hinter meinen Kopf, umarmt mich kurz und klopft meinem Vater mit der anderen auf die Schulter. »Alles gut, großer Bruder?«

»Ja – und sei still!«, antwortet mein Vater.

»Schlecht gelaunt, dein Papa!«, flüstert Onkel Ali.

Ich will ihm gerade antworten, da fügt er hinzu: »Hast du die hübschen Frauengesichter und nackten Popos ordentlich geschwärzt?«

»Ja, aber vorher habe ich sie alle geküsst.«

Onkel Ali lacht leise, und ich sehe aus dem Augenwinkel, wie mein Vater uns anstarrt, als kämen wir von einem anderen Stern. »Wie schafft ihr es, in so einer beschissenen Situation heiter zu sein?«

»Sei leise«, ermahnt ihn Onkel Ali grinsend. »›Beschissen‹ ist kein islamisches Wort. Dafür könnte man dich auspeitschen!«

Mein Vater verdreht die Augen und schweigt.

Ein Polizist hebt die Hand und signalisiert uns, dass wir an der Reihe sind. Mein Vater fasst sich an den Aqal, richtet die Kufiya auf seinem Kopf und wirft die Enden des Tuchs über seine Schultern. Er öffnet den ersten Sack, zieht eine Verpackung heraus und wirft sie in die Flammen.

In seinen braunen Augen spiegelt sich ein trauriger Glanz. Jeder Gegenstand, den er verbrennt, ist ein Stück seiner Arbeit, etwas, womit er mühsam sein Einkommen bestreitet. Er schaut zu, wie alles zu Asche wird.

»Dein Vater sieht aus, als könnte er jemanden umbringen«, flüstert Onkel Ali mir zu. »Wer unter Mudschahedin lebt und noch nie einen Wutanfall gehabt hat, ist innerlich zerbrochen.«

Ich sehe meinen Vater an, wie er schweigend die Vernichtung seiner Ware vollzieht.

Onkel Ali hat recht.

## DAS LEIDEN DER BRÜDER

Als wir die Basarstraße verlassen, bleibt Onkel Alis gewohnter Scherz aus, und tiefe Falten zeichnen sich auf Vaters Stirn ab – vielleicht, weil Mutter nicht wie versprochen gekommen ist. Oder weil ihn die Sorge um Suad plagt. Die Anspannung in seinem Gesicht wird deutlicher, als er das Wort »Mobiltelefone« vor sich hin murmelt. Er spricht nicht wirklich mit uns, aber wir wissen, was er meint. Innerhalb von zwei Tagen müssen alle Mobiltelefone bei der Polizei abgegeben werden.

Der Mann im Hisba-Fahrzeug hat das oft genug durch seinen Lautsprecher verkündet. Seine Worte hallen noch in unseren Ohren nach. Die Kinder nennen es das »Auto des Kalifats«. Das Fahrzeug ist ein Minibus, beklebt mit Plakaten, die die neuen Regeln zeigen. Es fährt unermüdlich durch die Straßen. Jede Durchsage bringt ein neues Verbot: Musik, Zigaretten, Handys. Ein fahrender Unheilsbote.

Ich frage mich, wie sich Vater an dieses neue Leben gewöhnen soll. Nicht nur sein Geschäft ist betroffen. Vieles, was er liebt, ist ihm nun versagt. Die Folkloremusik und die Freude darüber, die er mit Freunden bei Festen teilte, gehören der Vergangenheit an. Nächtliche Veranstaltungen wie die der Sufisten, die bei uns ihre Trommeln schlugen und Tänze aufführten, sind nicht mehr erlaubt.

Und dann das Rauchen. Ich konnte mir Vater ohne Zigarette nicht vorstellen. Die Zigarette gehörte zu ihm wie seine Kufiya. Abende im Teehaus in der Ninwastraße, mit Freunden, Shisha und Geschichten – alles ist vorbei. Es scheint, als wollte man ihm jeden kleinen Genuss nehmen.

Onkel Ali, obwohl weniger abhängig vom Rauchen, hat ebenfalls zu kämpfen. Er nennt sich selbst »Gelegenheitsraucher« und zeigt sich nach außen hin unbeeindruckt. Doch der Verlust seiner Barabende und sein geschlossenes Café wiegen schwer. Ein Wochenende ohne Alkohol? Für ihn unmöglich. Aber Onkel Ali verbirgt seine Gefühle. Er ist das Gegenteil von meinem Vater.

»Gab es von der Ordnungspolizei ein Angebot für das Café?«, fragt ihn Vater.

»Ja, sie wollen den Raum mieten und ein Büro für Beschwerden daraus machen.«

»Haben sie einen Preis genannt?«

»Sie sagten, ich solle im Verwaltungsbüro nachfragen.«

»Das könnte eine Lösung sein.«

»Ich denke noch darüber nach.«

»Und der Taubenzüchterverein? Wird der auch geschlossen?«, frage ich.

»Nein, Tauben sind wohl keine Bedrohung – sind weder atheistisch noch religiös. Westlich sind sie auch nicht«, sagt Ali und lacht.

Pünktlich zum Ruf des Muezzins erreichen wir das Haus. »Raja!«, ruft Vater. Der Duft von Basmatireis und würziger Currysoße zieht durch den Hof. Mutter kommt uns entgegen. »Suad war schwach, deshalb konnte ich nicht kommen. Aber es geht ihr besser«, sagt sie.

»Hast du die Mobilgeräte abgegeben?«, fragt Vater.

»Noch nicht.«

»Wird man erwischt, bedeutet das Geldstrafe oder Gefängnis.«

»Ja, ich mache das morgen.«

Onkel Ali grinst. »Mein älterer Bruder wird gewissenhaft.«

Mutter schaut ihn an. »Du gehst nicht, ohne mit uns gegessen zu haben.«

»Wie mich dieser Duft fesselt!«, sagt Onkel Ali, und Mutter muss lächeln.

## ES SIND GENAU VIERUNDZWANZIG

Ich eile hinüber in Onkels Haus. Die Treppen hinauf, zwei Stufen auf einmal, das Herz pocht in der Brust. Endlich stehe ich vor dem Taubenschlag, halte kurz inne, um meinen Atem zu beruhigen.

Vorsichtig spähe ich hinein. Ein Moment der Erleichterung überflutet mich. Sie sind da. Regenbogen und Tänzer sind zurück – und mit ihnen ein Stück Zuhause. Die beiden sitzen nebeneinander, wie sie es immer tun. »Willkommen zurück«, flüstere ich und schließe die Tür des Taubenschlags hinter mir.

Ich zähle die Tiere.

Es sind genau vierundzwanzig.

## DER EDELSTE ANBLICK

Ein paar Tage später gehört der Himmel wieder ganz den Tauben. Keine Hubschrauber sind zu sehen, keine Rauchwolken ziehen über die Stadt.

Die Schwärme inszenieren ein lebendiges Gemälde: ein Tanz in vollkommener Harmonie. Kein Wunder, dass man unser Viertel den »Taubenpalast« nennt. Auf jedem vierten Dach steht ein Taubenschlag. Unsere Dächer sind mehr als Dächer – sie sind Treffpunkte, Vogelheime, Rückzugsorte.

Die Leute scherzen: »Dort wird jedes Kind mit einem Vogelkescher in der Hand geboren.« Es ist nur beinahe eine Übertreibung. Zahlreiche Taubenzüchter leben hier auf engstem Raum – und ich bin einer von ihnen. Genauer gesagt: Ich bin der Neffe des Geschäftsführers des einzigen Taubenzüchtervereins der Gegend.

Onkel Ali erklimmt das Dach, wo ich, den Rücken gegen den Zaun gelehnt, am Taubenschlag sitze. Er schaut zum Himmel, verfolgt die Schwärme mit seinem Blick.

Ayoub Othman, Onkels bester Freund, hält den größten Schwarm – achtzig Vögel, die er zeitgleich in die Lüfte steigen lässt. Unsere Tauben haben ihren morgendlichen Flug längst absolviert. Einige ruhen in den Nistkästen, andere sonnen sich auf dem Zaun und putzen ihr Gefieder.

Onkel Ali setzt sich neben mich.

Ich greife zur Tüte mit Brot, die zu meinen Füßen liegt. Das Rascheln lockt die Tauben an. Ich reiße ein Brötchen in

Stücke, kaum größer als Granatapfelkerne, und zerkleinere die dann noch mal mit den Zähnen. Die winzigen Bröckchen sammle ich in meiner Hand und lasse sie auf den Boden fallen. Die Tauben eilen herbei und verschlingen sie. Dann weichen sie wieder zurück, beobachten mich voller Spannung, betrachten meine Hand, registrieren jede Bewegung, warten auf die nächste Runde.

Onkel Ali schaut mit einer Zufriedenheit zu, die sein Gesicht erfüllt.

»Das ist der edelste Anblick.«

## DER VERIRRTE ALTORIENTALISCHE VOGEL

Onkel Ali fällt eine verirrte Taube am Himmel auf. Ich folge seinem Blick und sehe sie. Ihr Flug ist unregelmäßig, keine weichen Kreisbewegungen wie bei den heimischen Tauben, sondern ein zielloses Hin-und-her-Treiben. Die Taube fliegt niedrig, schnell, zögert. Kein Ziel, kein Plan. Sie scheint den Weg nach Hause verloren zu haben.

Ich hole die schwarze Vogelschreckfahne aus dem Werkzeugschrank und scheuche meine Tauben. Mit energischen Bewegungen schwenke ich die Fahne, um die Tiere in die Höhe zu treiben. Zunächst fliegen sie ungeordnet um das Haus. Dann sammeln sie sich zu einem Schwarm, kreisen höher. Die verirrte Taube bleibt in der Nähe, fliegt hinterher, hält sich außerhalb der Gruppe.

»Sie ist sich nicht sicher«, sagt Onkel Ali, »aber sie wird folgen.«

Doch wir haben nicht viel Zeit. Zwei Taubenschwärme von benachbarten Züchtern steigen ebenfalls in den Himmel auf. Auch andere haben die fremde Taube bemerkt. Wir müssen nun schnell handeln, sonst verlieren wir sie an einen der anderen Schwärme.

Onkel Ali holt Schneeweiß aus dem Schlag und setzt sie auf den Zaun. Sie ist unser Lockvogel, ihre Präsenz beruhigt die anderen Vögel. Der Schwarm zieht wieder näher ans Haus, kreist tief über dem Dach. Die verirrte Taube folgt. Die Bahnen werden enger, die Flügelschläge dröhnen, der Schwarm senkt sich zum letzten Mal – dann landen die Tauben. Auch die fremde Taube setzt sich auf unseren Zaun.

Ich verstaue die Vogelschreckfahne im Schrank und streue Futter auf den Boden. Einige Vögel kommen zum Fressen und Trinken herbei, aber die neue Taube bleibt auf dem Zaun sitzen, mit geöffnetem Schnabel, was auf Durst hindeutet. Sie traut sich nicht, herunterzuspringen, schaut sich um.

Onkel Ali geht langsam auf die neue Taube zu, einen Kescher hinter seinem Rücken versteckt. Nur zwei Meter trennen ihn von ihr. Dann geht alles ganz schnell. Die Taube fliegt los, und mit einem Satz springt Onkel Ali vor und erwischt sie.

Ich klatsche vor Freude.

Ich reiche ihm eine Sicherheitsnadel aus der »Taubenwerkzeugkiste«. Damit fixiert er die Flügel der Taube und setzt sie dann behutsam auf den Boden. Sie versucht zu fliegen, kommt jedoch nicht weg. Es ist ein vergebliches Hüpfen.

Ihr Federkleid ist strahlend rot mit weißen Flügeln. Sie hat einen mittelgroßen Schnabel, eine Federkrause unter dem Kinn, das sogenannte Jabot, und gleichmäßige Rosetten.

»Sie ist jung, oder?«, frage ich.

»Ich schätze, sie ist acht Monate alt.«

»Ein Weibchen.«

»Richtig.«

»Mövchentaube.«

»Genau. Bravo, Noah! Eine altorientalische Mövchentaube.«

»Warum werden sie ›Mövchen‹ genannt?«

»Das weiß ich nicht. Vielleicht wegen der Form ihres Schnabels.«

»Sie ist wunderschön. Hoffentlich gehört sie keinem der Mitglieder im Taubenverein.«

Onkel lächelt. »Wer kümmert sich heutzutage um einen verirrten Vogel? Die Leute haben andere Sorgen. Aber wir werden herausfinden, wem sie gehört. Und wenn nicht, gehört sie uns.«

## EIN FUNKEN HOFFNUNG

Onkel Ali bricht zu einem Freund auf; ich bleibe auf dem Dach und beobachte freudig die neue Taube. Ich hoffe, dass kein Taubenzüchter aus der Nachbarschaft vor unserer Tür auftaucht. Jedes Mal, wenn eine ihrer Tauben bei uns landet, verlangen sie sie zurück. Während die Zeit verstreicht, träume ich davon, meinen Schwarm zu vergrößern – vielleicht sogar mit dieser Mövchentaube, von deren Art ich bisher noch keinen Vogel besitze.

Die Mittagshitze hat die meisten Menschen in ihre Häuser getrieben. Klimaanlagen summen, Zikaden zirpen. Alles scheint stillzustehen. Nur der Wind wirbelt Staub, Zeitungsseiten und Plastiktüten in die Höhe.

Ich sitze im Schatten des Taubenschlags, eine blaue Wanne mit kaltem Wasser steht neben mir. Die Tauben planschen darin mit begeistertem Flügelschlag, werfen winzige Tropfen in die Luft, die wie glitzernde Splitter im Licht tanzen. Ihr durchnässtes Gefieder klebt eng an den Körpern, lässt sie lächerlich aussehen – fast wie durchweichte Kuscheltiere, tropfnass aus der Wanne gezogen. Der Gedanke entlockt mir ein Schmunzeln.

Mein Magen verkrampft sich, ein Grollen mahnt mich, dass es Zeit ist, hinunterzugehen und etwas zu essen. Ich erhebe mich, klopfe den Staub von meinen Händen und Kleidern und verlasse das Dach.

Kaum bin ich im Elternhaus, klopft es an der Tür. Mein Puls beschleunigt sich. Das Klopfen hat eine Dringlichkeit. Hoffentlich kein Taubenzüchter.

Als ich die Tür öffne, steht Josef al-Hariri davor, der Ehemann meiner Tante Halima. Sein Gesicht ist ernst, die Anspannung greifbar. Ich begrüße ihn, doch seine Antwort ist kurz und scharf. »Ich habe gute Nachrichten für Suad«, sagt er. »Ich muss mit ihr sprechen.«

Sein Ton lässt keinen Widerspruch zu. Ohne ein Wort trete ich zur Seite. Im Wohnzimmer finde ich meine Schwester, wie sie auf einem Kissen sitzt und gedankenverloren an einer losen Naht ihres Gewandes zupft.

»Suad, Josef ist draußen. Er will mit dir reden.« Meine Worte bringen sie in Bewegung. Hastig erhebt sie sich, greift nach ihrem Niqab, den Handschuhen und dem langen Gewand – alles liegt ordentlich gefaltet auf dem Sofa. Mit geübten Bewegungen zieht sie die Stoffe über, bis nur noch ihre Augen sichtbar sind.

»Er sagt, es ist wichtig«, füge ich hinzu. Sie eilt zur Tür.

Ich bleibe im Hof zurück, den Rücken an die Wand gelehnt. Meine Mutter tritt in den Wohnzimmertürrahmen, ihre Hände ineinander verschränkt, den Blick nach draußen gerichtet.

»Dein Mann lebt«, sagt Josef ohne Umschweife. »Walid ist in Haft. Du darfst ihn am nächsten Freitag besuchen.«

Meine Mutter lächelt, ihr Gesicht ist mit einem Mal von Licht erfüllt. Josef reicht Suad einen Zettel. »Das ist die Adresse. Dein Name steht auf der Besucherliste. Nimm deinen Ausweis mit.«

»Wie geht es ihm? Warum ist er im Gefängnis?«, fragt Suad, ihre Stimme ganz dünn.

»Das weiß ich nicht.«

»Vielen Dank, Onkel«, sagt Suad und schließt die Tür.

Sie dreht sich zu uns um. Ihr Blick bleibt an dem Zettel haften, als suchte sie darin Halt. Ihre Finger zittern, Tränen stehen in ihren Augen. Mutter tritt zu ihr, umarmt sie, und Suad bricht zusammen. Ein Schluchzen wie ein heftiger Sturm.

»Er lebt«, flüstert sie immer wieder, »er lebt.«

## TÄUBIN UND TÄUBER

Ich lege mich aufs Sofa und denke an Suad und ihren Mann Walid.

Er war Polizist im alten System und galt als vermisst, seit die Mudschahedin die Stadt mit ihren schwarzen Flaggen überrannten. Wochenlang hatte Suad getrauert, überzeugt davon, dass Walid tot sei, besonders nach dem Propagandafilm, der überall gezeigt wurde. Auf großen Bildschirmen, selbst an der Kreuzung im Viertel Medina, lief er ein ganzes Wochenende lang, ein grausames Freiluftkino. In diesem Film sah man Hunderte junge Männer mit nackten Oberkörpern, die hingerichtet wurden – begleitet von den Rufen »Gott ist groß« und »Das Kalifat bleibt und wächst!«.

Jetzt weiß sie, ihr Mann lebt.

Doch Suad hat jede Leichtigkeit längst verloren. Hinter ihrem Niqab verbirgt sich derzeit ein blasses Gesicht mit Augenringen. Damals war sie wie eine Taube – frei und unbeschwert und mit sicherem Rückweg nach Hause. In ihren farbenfrohen Kleidern bewegte sie sich voller Anmut, und ihre langen schwarzen Haare tanzten dabei im Wind.

Suads Freundin Karima erzählte mir einmal, wie sie sich früher auf dem Schulweg gegen Jungs behauptet hatte, die sie belästigten. »Die ließen uns in Ruhe, weil Suad wusste, wie man sich wehrt. Sie zog ihre Sandalen aus und rannte hinter ihnen her. Die Jungs gaben später stolz damit an, von ihr getroffen worden zu sein.«

Suad wusste immer, was sie wollte. Nach ihrem Studium der Betriebswirtschaft arbeitete sie in der Stadtverwaltung. Sie nahm sich Zeit für die Menschen, hörte ihnen zu, löste ihre Probleme. »Deine Tochter ist ein Geschenk Gottes«, sagte unsere Nachbarin einmal zu meiner Mutter, nachdem Suad ihr bei einer Erbschaftsangelegenheit geholfen hatte.

Als sie Walid Sultan kennenlernte, hatte ich nur einen kleinen Schwarm von sechs Tauben. Eineinhalb Jahre ist das her. Onkel Ali brachte mir damals bei, wie man Täuber und Täubinnen unterscheidet. »Täuber haben dickere Hälse und breitere Köpfe. Sie halten die Schwanzfedern tiefer und fächern sie auf, während sie gurren. Täubinnen stolzieren vor ihnen, mit wippendem Schwanz.« Ich musste lachen, denn oft erinnerten mich die Tauben an die Menschen im Viertel – die Jungs mit ihren erhobenen Köpfen, die Mädchen mit ihren anmutigen Bewegungen. Suad spazierte wie eine Täubin auf der Hauptstraße, und Walid schien der Täuber zu sein, der sich groß machte, ihr folgte und sie umwarb.

Als er um ihre Hand anhielt, lehnte Suad zunächst ab. Walid Sultan hatte sie kurz zuvor auf der Straße aufdringlich angemacht, das hatte sie uns selbst erzählt. Sie drohte ihm mit ihrer Sandale.

Für meinen Vater war die Sache klar. »Eine ehrenhafte Familie«, sagte er. »Walid ist ja Polizist.«

Suad stellte nur eine Bedingung: Sie wollte weiterarbeiten. Walid stimmte zu. Ihre Hochzeit war prachtvoll – mit einer Band und mit Bauchtänzerinnen. Nach der Hochzeit zog Suad in Walids Elternhaus, wenige Straßen von uns entfernt. Oft besuchte sie uns, sprach mit Mutter über ihren unerfüllten Kinderwunsch. Die Monate vergingen, und schließlich wurde sie schwanger.

Dann kam das Kalifat, und alles änderte sich. Ihr Mann verschwand von einem auf den anderen Tag, Frauen durften nicht mehr arbeiten. Suad, schwanger, ohne Mann, ohne Einkommen, wusste nicht, wohin. Sie hatte ein paar Ersparnisse, Vater unterstützte sie, sorgte dafür, dass es ihr an nichts fehlte, und holte sie zu uns zurück.

Seit ihrer Rückkehr schlafen Suad und Mutter im Schlafzimmer, Vater und ich auf Matratzen im Wohnzimmer, die abends ausgerollt und morgens wieder weggeräumt werden. Mutter sagt, eine schwangere Frau dürfe niemals allein im Bett liegen – das bringe Unglück.

Ich schließe meine Augen. Dass Walid noch lebt, ist ein Wunder. Zum ersten Mal seit langer Zeit habe ich heute etwas in Suads Gesicht gesehen, das ich »Hoffnung« nennen will.

## EIN NACHMITTAG
## IM VOGELBASAR

Am Nachmittag klopft es an der Haustür. Schon wieder habe ich Angst, jemand könnte die Mövchentaube zurückfordern. Aber es sind nur mein Freund Mohamed und sein kleiner Bruder Ahmed. Ich habe ganz vergessen, dass wir verabredet sind, um zusammen auf den Vogelbasar zu gehen. Schnell schlüpfe ich in meine Sandalen und trete hinaus auf die Straße.

»Magst du Tauben, Ahmed?«

»Ja. Ich habe schon eine. Sie heißt ›Bräune‹, weil sie ganz braun ist.«

»Und willst du noch mehr Tauben?«

»Ja, auf jeden Fall. Eine Taube allein ist doch traurig. Ich habe mein ganzes Geld vom Zuckerfest dabei.«

»Damit kannst du dir bestimmt drei gute Tauben kaufen.«

Der Basar liegt etwa zwanzig Gehminuten entfernt auf einem offenen Gelände am Ende der Ninwastraße. Dort stehen Autos mit Käfigen voller Tauben auf ihren Dächern, nur wenige Kunden schlendern umher.

Wir treffen Omer al-Qaisi, einen bekannten Taubenzüchter aus unserer Nachbarschaft. Er ist Mitglied im Verein, Taxifahrer und ein regelmäßiger Gast im Café meines Onkels. Seine riesige Nase und die großen Hände verleihen ihm das Aussehen eines Metzgers, doch er ist ausgesprochen freundlich.

»Wie kann ich euch helfen?«

»Wir wollen ein paar Tauben für Ahmed kaufen.«

»Junge oder erwachsene Tauben?« Seine Frage richtet sich an mich, doch ich warte, bis Ahmed antwortet.

»Junge Tauben«, sagt er.

»Hier habe ich eine Warzentaube, vier Tümmler und drei Trommeltauben«, erklärt Omer. Ich verstehe sofort, aber für Ahmed klingen die Begriffe wie Fremdwörter.

»Was bedeutet das?«, fragt er.

Omer, mit seinem typisch verschmitzten Grinsen, beugt sich zu Ahmed hinunter. »Warzentauben haben auffällige Nasenwarzen. Sie sind treu, manchmal ein bisschen zänkisch und fliegen gut – man nutzt sie als Brieftauben.« Er hebt die Arme, als wollte er seine Muskeln zeigen. »Tümmler sind Akrobaten – sie schlagen in der Luft Purzelbäume.« Mit einem Fingerschnippen bewegt er seine Hüften wie ein Bauchtänzer. »Und Trommeltauben? Das sind die Musiker! Ihre Täuber gurren laut und kräftig: ›Wack-wack-wack.‹« Omer breitet die Arme wie Flügel aus und schließt dabei die Augen.

Wir brechen in schallendes Gelächter aus – Omer hat das Talent zum Clown.

Ich inspiziere die Tauben, prüfe Schnäbel und Gefieder, besonders die Schwanzfedern, und entscheide mich für eine Tümmler-, eine Trommel- und eine Warzentaube. Omer fixiert ihre Flügel mit Sicherheitsnadeln und legt sie vorsichtig in eine Pappkiste mit Luftlöchern. Wir bezahlen und verabschieden uns.

Ahmed hält die Kiste wie einen Schatz, während Mohamed immer wieder versucht, durch die Luftlöcher hineinzuspähen. Auf dem Rückweg erkläre ich ihnen, wie sie die Tauben versorgen sollten.

»Zuerst brauchen sie Zeit, um den Taubenschlag kennenzulernen«, sage ich.

»Den haben wir schon!«, ruft Mohamed stolz. »Ahmed hat ihn zum Geburtstag bekommen.«

»Du bist ein echter Glückspilz!«

Ahmed strahlt übers Gesicht.

»Lasst sie heute im Schlag, damit sie sich eingewöhnen. Morgen setzt ihr sie auf das Dach des Schlags, damit sie die Umgebung sehen. Füttert sie dreimal täglich mit frischem Wasser und Getreide – Weizen und Hirse sind am besten. Nach einer Woche könnt ihr die Flügelfesseln entfernen. Wenn ihr Hilfe braucht, sagt mir Bescheid. Und ihr müsst eine der Tauben als Lockvogel bestimmen – eine Taube, die auf dem Zaun bleibt und den anderen Orientierung gibt. Die Flügelschwungfedern des Lockvogels müsst ihr stutzen, damit er nicht wegfliegen kann.«

»Kannst du mit zu uns nach Hause kommen und uns zeigen, wie man das macht?«

»Na klar.«

## DER KNETENDE SCHATTEN

Am Morgen des lang ersehnten Freitags knetet Mutter den Brotteig mit solcher Kraft, dass kleine Mehlwolken in die Luft steigen. Es sieht aus, als würde sie ihre Sorgen in den Teig drücken, als könnte sie die Unruhe in ihrem Inneren damit bändigen. Vater und Suad sind früh aufgebrochen, um Walid im Gefängnis zu besuchen.

Ich sitze am Küchentisch, vor mir ein spärliches Frühstück, das ich kaum anrühre. Meine Gedanken kreisen um Walid. Ich bin überzeugt, dass seine Lage nicht allzu ernst ist. Wäre es anders, hätte Josef al-Hariri sich nicht die Mühe gemacht, seinen Verbleib zu klären.

Josef ist ein Mensch voller Widersprüche. So erzählt man es bei uns zu Hause. Zu Zeiten des Diktators war er Beamter in der Sicherheitsbehörde – einer Institution, deren »Sicherheit« mehr Angst verbreitete, als sie Schutz bot. Mit dem Einmarsch der Amerikaner und dem Sturz des Regimes wandelte er sich sofort in einen Informanten und Berater. »Josef ist ein Meister der Anpassung«, hat Vater einmal gesagt: Er arbeitet mit jeder Regierung zusammen und pflegt gleichzeitig Kontakte zu deren Gegnern. Früher betrat er kaum eine Moschee, heute trägt er einen langen Bart und tritt als eifriger Verfechter der Scharia auf – als wäre dies schon immer seine Bestimmung gewesen.

Er hat weiterhin den Posten des Viertelvorstehers inne, eine Position, die er erstaunlich geschickt verteidigt. Es spielt keine Rolle, wer die Macht innehat – Josef findet immer seinen Platz. »Selbst wenn Außerirdische die Erde erobern würden, wäre er vermutlich ihre rechte Hand«, scherzte neulich Onkel Ali. Für Josef zählt nur eines: sein eigener Vorteil.

Ich stelle mir Josef wie einen erfahrenen Taubenzüchter vor: Er lässt seine Vögel nur bei klarem Himmel fliegen und greift lediglich ein, wenn kein Risiko besteht. Hätte sich Walid ein schwerwiegendes Vergehen zuschulden kommen lassen, hätte Josef ihn niemals ausfindig gemacht. Trotzdem bin ich angespannt. Für Suad bedeutet dieser Besuch alles. Ich wünsche mir nichts sehnlicher, als dass sie später mit einem strahlenden Lächeln nach Hause kommt.

Mutter knetet den Teig weiter, ihre Bewegungen gleichmäßig, fast mechanisch. Doch ihre Augen wandern immer wieder zur Tür, als erwartete sie jeden Moment ein Klopfen, das die Rückkehr von Vater und Suad ankündigt.

Ich stehe auf, um hoch zu den Tauben zu gehen.

»Mama?«

»Ja?«, sagt sie und hebt kurz den Kopf, ohne die Hände aus dem Teig zu nehmen.

»Der arme Teig hat dir nichts getan.«

Ein Lachen bricht aus ihr hervor.

»Hau ab, du!«

Ich springe aus der Küche.

## DIE HOFFNUNG AUF RÜCKKEHR

Als Vater und Suad das Haus betreten, sehe ich die Erschöpfung in ihren Gesichtern. Suads Schultern hängen herab. Vater tritt direkt vor den Ventilator und trinkt hastig das Glas Wasser, das Mutter ihm reicht. Ich sitze auf dem Sofa und beobachte.

»Walid sitzt in einem Umerziehungslager«, sagt Vater schließlich. Seine Stimme klingt rau, als kostete ihn jedes Wort Überwindung. »Er hat sich ergeben, als die Mudschahedin die Stadt übernahmen. Das Gericht hat ihn als ›Soldat der ungläubigen Regierung‹ eingestuft, der ›bereit zur Reue‹ ist.«

Mutters Haltung entspannt sich kaum merklich, ein Zeichen des Aufatmens. »Das ist doch gut«, sagt sie. »Sechs Monate Umerziehungshaft«, fügt Vater hinzu, und Mutters Lippen formen ein leises »Das ist doch nicht schlecht«.

Suads Augen sind von dunklen Schatten umgeben, die Müdigkeit ihrer Seele scheint in jede Bewegung einzudringen. Doch bei Mutters Worten huscht ein kaum sichtbares Lächeln über die Lippen. Für einen kurzen Moment kann ich ihre Hoffnung sehen, dass alles gut wird.

»Er sieht abgemagert aus«, sagt Suad. »Sein Bart ist lang, und er zitiert ständig Verse aus dem Koran.«

Mutter tritt einen Schritt näher zu ihr.

»Er hat mich immer wieder gebeten, seine Mutter zu besuchen«, sagt sie und fängt an zu weinen.

Mutter umarmt sie sofort.

Für längere Zeit sagt keiner etwas, bis Suad die Stille durchbricht. »Das Leben meines Mannes ist ein einziges Chaos.«

»Aber er lebt«, sage ich.

»Und das ist alles, was zählt«, flüstert Mutter.

## DER VERLORENE BRUDER

Am Nachmittag gehe ich rüber zu Onkel Ali. Er sitzt im Wohnzimmer an seinem Tisch und schreibt etwas. Der Stift liegt fest in seiner Hand, und sein Gesicht strahlt eine konzentrierte Ruhe aus. Als er bemerkt, dass ich mich nähere, hebt er den Kopf.

»Komm rein, Noah«, sagt er mit warmer, aber ernster Stimme. »Gibt es Neuigkeiten von Walid?«

Ich setze mich zu ihm und erzähle, was Suad und Vater berichtet haben. Onkel Ali hört aufmerksam zu, sein Blick durchdringt mich, als suchte er in meinen Worten verborgene Details. Als ich geendet habe, sagt er nachdenklich: »Noah, es gibt noch jemanden, der lange verschollen war und wieder aufgetaucht ist.«

»Wen meinst du?«, frage ich.

»Deinen Bruder.«

»Bakir?«, frage ich, irritiert und überrascht. »Woher weißt du das?«

»Ein entfernter Verwandter, den du nicht kennst, hat es mir erzählt. Bakir nennt sich jetzt ›Abu Talha al-Anbari‹ und ist Leiter der Sicherheitsbehörde in irgendeinem Kaff.«

Es dauert einen Augenblick, bis ich die Worte begreife. »Wissen meine Eltern davon?«

Onkel Ali schüttelt den Kopf. »Du bist der Erste, dem ich es erzähle. Aber ich werde es ihnen bald sagen.«

»Glaubst du, er wird uns besuchen?«

»Eher nicht.«

Dann wendet er sich wieder seiner Notiz zu, als wollte er die Konversation nicht weiterführen.

Ich bleibe noch lang sitzen, dann gehe ich hoch zu meinen Vögeln.

## DRACHEN UND TAUBEN

Ich scheuche die Tauben auf. Ihre Flügel schlagen die Luft, sie steigen hoch, kreisen über dem Haus. Doch meine Gedanken bleiben bei Bakir. Einst war er ein Teil unseres Lebens. Ich erinnere mich, wie er mir geholfen hat, meinen ersten Drachen steigen zu lassen. Er hielt die Schnur, zeigte mir geduldig, wie ich sie spannen musste, bis der Drachen sich erhob und im Wind tanzte. Damals war er alles für mich: mein großer Bruder, mein Beschützer. Und jetzt? Jetzt trägt er einen anderen Namen, einen, der mir fremd ist.

Ob er wohl in den Himmel blickt und an uns denkt? Ob er sich noch an den Drachen erinnert? Im Gegensatz zu meinen Tauben, die immer über mir schweben, ist Bakir ein Flüchtender, verloren zwischen den Himmelsrichtungen. Wird er jemals zu uns zurückfinden?

## DER TEUFEL MIT DEM GRÜNEN SCHAL

Wir sitzen im Wohnzimmer und essen zu Abend, als Onkel Ali durch die Haustür in den Hof kommt, sich in den Türrahmen stellt und verkündet:

»Euer ältester Sohn ist wieder im Land.«

Die Reaktion meiner Familie ist so lautlos wie erdrückend. Vater zieht sich auf seine Matratze zurück und starrt auf den Teppich, als suchte er in den verwobenen Mustern nach einem Ausweg. Mutter geht in die Küche, die Augen gerötet, die Haut fahl. Suad eilt ins Schlafzimmer und schließt die Tür hinter sich, als könnte sie die Nachricht aussperren.

Onkel Ali bleibt kurz stehen, die Arme verschränkt, sein Gesicht eine Maske aus Ernst und Nachdenklichkeit. Dann verlässt er uns, kehrt in sein eigenes Haus zurück.

Ich bleibe einfach sitzen, wie versteinert.

In der Familie spricht man nicht gern über meinen Bruder. Alles, was ich über Bakir weiß, habe ich aus Bruchstücken von Gesprächen und Gerüchten zusammengesetzt. Als Kind soll er eine Art Berühmtheit gewesen sein: In der Grundschule rechnete er schneller, als die Lehrer die Formeln an die Tafel schreiben konnten. Mit dreizehn saß er im grellen Licht einer Talkshow, wo man ihn »das Wunderkind« nannte. Später studierte er Physik an der Universität. Er war schüchtern, gottesfürchtig, hilfsbereit.

Doch der Bürgerkrieg änderte alles – für ihn, für uns. Seine Verlobte Samira, mit der er zusammen studierte, wurde von schiitischen Milizen entführt und ermordet. Danach verschwand das höfliche Mathematikgenie. Kurz darauf tauchte Bakir als »der Teufel mit dem grünen Schal« auf, genau jenem Schal, den Samira ihm zum zwanzigsten Geburtstag geschenkt hatte. Die Gerüchte wucherten wie Schlingpflanzen: Ein Kämpfer der Mudschahedin soll er nun sein, ohne Barmherzigkeit, mit einem Gesicht wie Stein. Nach dem Krieg verlor sich seine Spur. Es hieß, er lebe in Pakistan, er sei in Deutschland.

Als Suad mich später ins Schlafzimmer lässt, lege ich mich zu ihr ins Bett.

»Kommt Bakir zu uns?«, frage ich, kaum mehr als flüsternd.

»Ich glaube nicht«, antwortet sie. Ihr Blick ist schwer zu deuten, ein Wechselspiel aus Erschöpfung und Abwehr. Nach einer langen Pause fügt sie hinzu: »Sein letzter Besuch endete im Streit. Vater und Onkel nannten ihn einen ›Verbrecher‹, und er beschimpfte sie als ›feige‹. Vater hat damals gesagt: ›Für mich ist Bakir gestorben.‹ Und Bakir hat vor Gott geschworen, nie wieder dieses Haus zu betreten.«

Ich frage weiter, doch Suad bleibt wortkarg. Sie scheint selbst nicht zu wissen, was sie glauben oder fühlen soll. Auf viele meiner Fragen hat sie keine Antwort, und irgendwann sagt sie nur: »Ich möchte jetzt schlafen.«

## DAS EINZIGE FOTO

Nirgendwo im Haus hängt ein Foto von Bakir, ich habe noch nie eines gesehen. Aber jetzt sitzt Mutter allein in der Küche, im Licht der schwachen Lampe, und in ihren Händen hält sie ein kleines Foto, ihre Schultern zittern. Tränen laufen über ihr Gesicht.

Langsam trete ich näher und setze mich neben sie. Ich lege einen Arm um ihre Schultern, spüre die Wärme ihrer Trauer. Schweigend blicken wir auf das Bild in ihren Händen.

Bakir lächelt. Ein offenes, junges Lächeln, das von einer unschuldigen Zeit erzählt. Seine schwarzen Augen strahlen Freimut und Heiterkeit aus. Eine Ähnlichkeit zu mir ist nicht zu leugnen – die Form der Augen, der Schwung der Brauen. Doch auf dem Bild ist er jemand, der ich nie war: jemand, der gute Laune versprüht.

Die Tränen meiner Mutter fallen auf das Foto, das all das zeigt, was Bakir hätte bleiben können.

## DER STILLE SEE

Ich sitze Onkel Ali in einem alten, abgewetzten Sessel gegenüber. Sonst haben wir immer etwas zu besprechen, doch heute scheint uns nur das Schweigen zu verbinden.

Onkel Ali sieht müde aus, sein Gesicht eingefallen. Zu viele Fragen schwirren durch meinen Kopf, und ich weiß, dass nur er mir Antworten geben kann. Also bleibe ich sitzen und warte. Ich greife nach einer alten Zeitschrift aus dem Regal und blättere gedankenverloren darin, die Seiten rascheln.

Onkel Ali steht auf, geht in die Küche und kehrt mit zwei Tassen Chai zurück. Er stellt eine vor mir ab, lässt sich in seinen Sessel fallen und mustert mich.

»Du hast Fragen, nicht wahr? Was möchtest du wissen?«

»Alles«, sage ich schlicht.

Er lehnt sich zurück, legt die Hände auf die Lehnen und spricht langsam, als tastete er sich durch die Schatten der Vergangenheit.

»Es begann vor etwa einem Jahrzehnt.«

Onkel Ali erzählt von einem Winter, in dem eine sunnitische Gruppe eine große schiitische Moschee mit Sprengstoff zerstörte.

»Die Reaktion ließ nicht lange auf sich warten: Schiitische Milizen brannten sunnitische Moscheen nieder. Beide Seiten behaupteten, im Namen Gottes zu handeln«, sagt Onkel Ali. »Aber wenn es nur einen Gott gibt, muss doch einer von beiden ein Betrüger sein. Unsere Stadt blieb zunächst verschont, während die großen Städte im Chaos versanken. Bomben,

Straßenkämpfe, Entführungen – die Gewalt eskalierte. Die Taten wurden gefilmt, geteilt und konsumiert. Der Tod wurde alltäglich, ja, er wurde zur Unterhaltung.«

Onkel Ali erzählt von Schulen, die zu Kerkern und Leichenhallen wurden.

»Die al-Salam-Schule, die du früher besucht hast, Noah, wurde ein Massengrab. Unter den Schulhöfen, auf denen zuvor Lehrer die Nationalflagge gehisst und Kinder die Hymne gesungen hatten, ruhen bis heute die Toten.«

Er hält inne, rührt mechanisch mit dem Löffel in seiner Tasse, obwohl sie längst leer ist. Das Klirren füllt für einen Moment den Raum.

»Über den erwachsenen Bakir weiß ich nicht viel«, sagt er. »Aber ich weiß, dass Samiras Ermordung ihn zerstört hat. Nach ihrem Tod starb der Bakir, den wir kannten. Was übrig blieb, war eine Kreatur, die mit dem abgetrennten Kopf eines Mannes Fußball spielte. Ich habe das Video gesehen.«

Die Gefühle überfluten mich – die Worte sind wie Steine, die in einen stillen See fallen.

Onkel Ali verschränkt die Hände hinter dem Kopf und richtet den Blick zur Decke. »Ich konnte nichts tun, um Bakir aufzuhalten. Vielleicht war ich feige, genau wie dein Vater. Wenn Bakir zurückkommt, wird er nicht als Sohn zurückkehren. Er wird etwas anderes suchen – Respekt, vielleicht Rache. Wir werden ihm nichts davon geben können.«

Er schließt die Augen, und seine Worte hallen in der Stille nach.

Ich trinke einen Schluck Chai, doch der bittere Geschmack bleibt.

## SAG DEN NAMEN NICHT

Spät in der Nacht sehe ich durch den Türspalt Suad, wie sie das Schlafzimmer verlässt. Das Licht in der Küche flackert auf und bleibt an. Neugierig folge ich ihr.

Suad sitzt am Tisch wie vor ein paar Stunden meine Mutter, das Licht der Lampe wirft weiche Schatten auf ihr Gesicht. Vor ihr liegt ein Teller mit Feigen, Melone und Käse. Sie greift ab und zu nach einem Stück, isst langsam.

»Bist du hungrig?«, frage ich.

»Kannst du auch nicht schlafen?«, fragt meine Schwester.

»Nein.«

»Was für ein Tag«, lehnt sie sich in ihrem Stuhl zurück.

»Denkst du an Walid?«

»Er wird die Geburt verpassen.«

»Er wird bald freikommen. Und ein guter Vater sein.«

»Mal sehen.«

Ihre Worte hängen für einen Moment in der Luft, eine Stille legt sich über uns, nur unterbrochen vom leisen Ticken der Wanduhr.

»Warum darf man Bakirs Namen vor Vater nicht erwähnen?«

Suad seufzt, und ihr Blick scheint sich in der Vergangenheit zu verlieren. Sie erzählt, wie Vater sich nach dem Bürgerkrieg immer weiter zurückzog, als hätte die Welt um ihn herum aufgehört zu existieren. Er vermied den Kontakt zu Menschen, als wären sie eine Bedrohung. Er rauchte unablässig, aß kaum und schwieg tagelang. Alle wussten, warum: Er hatte seinen ältesten Sohn verloren. Jenen Sohn, auf den er einst so stolz gewesen war, den er vor anderen Vätern voller Eifer gelobt hatte. Nun waren da nur noch Scham und der Gedanke, dass er Bakir falsch erzogen habe. »Bakir ist mein schlechtestes Werk«, soll Vater einmal zu Onkel Ali gesagt haben.

»Doch Onkel Ali ließ ihn nicht allein«, fährt Suad fort. »Er kümmerte sich ums Geschäft und tat alles, um Vater zu helfen.«

»Wie hat er das gemacht?«, frage ich.

»Onkel ist klug«, sagt Suad und nimmt ein Stück Melone in den Mund. »Er sorgte dafür, dass Bakir aus unserem Leben verschwand.«

Onkel Ali überzeugte Mutter, alle Bilder von Bakir wegzuräumen oder zu vernichten. Für Mutter, die nur noch diese Fotos und ihre Erinnerungen an ihn hatte, war das ein harter Schritt. Doch Onkel Ali erklärte ihr, dass dies der einzige Weg sei, Vater zu retten. Zögernd gab nach, und die Bilder verschwanden von den Wänden, von den Regalen – aus dem Haus.

Doch das genügte nicht. Onkel Ali sprach auch mit den Nachbarn und Ladenbesitzern auf der Basarstraße. Er bat sie, Vater nicht mehr »Abu Bakir« zu nennen, sondern »Abu Suad«. Der neue Name setzte sich durch, wurde so lange wiederholt, bis der alte verblasste. Mit der Zeit begann Vater, sich zu verändern. Es war, als hätte er nach langer Dürre den erlösenden Regen gespürt. Onkel Ali hatte das Unmögliche geschafft: Er hatte die dunklen Wolken aus Vaters Seele verscheucht.

»Aber seitdem spricht Vater kaum noch«, sagt Suad. »Früher hat er sogar mehr geredet als Onkel Ali.«

»Vater? Im Ernst? Das kann ich mir kaum vorstellen.«

»Doch, so war er«, antwortet sie, und ein schwaches Lächeln huscht über ihr Gesicht.

»Und Mutter?«

»Sie wurde zu ›Umm Suad‹.«

Ich versuche, mich an diese Zeit zu erinnern, doch die Bilder in meinem Kopf bleiben verschwommen. »Es ist seltsam, dass ich mich kaum daran erinnere.«

Suad seufzt erneut, schwerer diesmal. »Sei froh. Schön war die Zeit nicht.«

Sie legt das letzte Stück Feige zurück auf den Teller, und keiner von uns sagt mehr etwas.

## EIN HAUCH VON FRÜHER

Die letzte Zeit hat uns allen viel abverlangt: erst die Sorge um Walid, dann die belastende Nachricht über Bakir. Doch heute ist die Stimmung entspannt und ungezwungen. Ich sitze am Küchentisch und warte darauf, dass Mutter die neuesten Gerüchte aus der Nachbarschaft erzählt, begleitet von lebhafter Gestik und Mimik. »Gerüchte sind für uns eine Leidenschaft«, hat Onkel Ali einmal gesagt. »Jede Frau hier wird als Verschwörungstheoretikerin geboren.«

»Was gibt es Neues, Mama?«

Suad grinst. »Eine Menge. Ich war schließlich dabei.«

»Nein, Suad, ich will es von Mama hören. Sie erzählt es besser.«

»Ja, klar. Von deiner Mama, du Muttersöhnchen!« Suad verdreht theatralisch die Augen.

Mutter lächelt. »Es tut gut, euch so zu sehen. Wie in alten Zeiten.«

»Jetzt komm schon, Mama. Die Gerüchte!«

»Diesmal keine Gerüchte«, sagt sie mit verschwörerischer Miene, »sondern echte Neuigkeiten.«

Sie setzt sich. Ihre Augen blitzen, als hätte sie etwas gehütet, das nun ans Licht darf.

»Die ausländischen Mudschahedin – Franzosen, Briten, Schweden – bekommen die besten Posten und Häuser. Die Villen der früheren Minister, die zu Beginn des Zusammenbruchs geflohen sind.«

»Das habe ich auch gehört«, werfe ich kurz ein, um Mutter

weiterreden zu lassen. »Und sie sollen mehr verdienen als die Einheimischen. Dreimal so viel«, sagt sie.

Suad will etwas sagen, doch mein ernster Blick bringt sie nur zum Kichern.

»Dein Vater meint, in seinem Laden zahlen sie immer den vollen Preis. Kein Feilschen. Und sie wollen immer nur das Beste: Seide.«

»Für ihre Frauen natürlich!«, wirft Suad mit einem schelmischen Grinsen ein.

»Da brauchen sie sicher eine Menge Geld«, sage ich. »Mit mehreren Frauen wird das teuer.«

Suad bricht in Lachen aus.

Mutter schüttelt den Kopf. »Ganz schön ungerecht, oder?«

»Ziemlich. Aber ich wette, du hast noch mehr gehört.«

»Oh ja«, sagt sie und erhebt sich. »Aber jetzt reicht es. Ich habe noch zu tun.«

»Mama, komm schon! Nur noch eine Geschichte!«

»Nein, habe ich gesagt«, entgegnet sie bestimmt.

Suad streckt mir spöttisch die Zunge heraus.

Ich tauche zwei Finger ins Glas und schnippe Suad Wasser ins Gesicht.

»Mama, schau, was er macht!«, ruft Suad.

Mutter fuchtelt mit einem Löffel. »Noah, raus aus der Küche! Suad ist schwanger, du Trottel!«

Ich ziehe mich zurück, und Suad kichert. Obwohl sie mich ärgert, spüre ich eine eigenartige Freude in mir. Ein bisschen ist es wie früher.

## EINE REGLOSE FRAU

Am Nachmittag lasse ich die Tauben ihre Runden drehen und mache mich dann zur Basarstraße auf, um frisches Futter zu holen – der Getreidebehälter ist fast leer.

Die Sonne brennt nicht mehr so erbarmungslos, ein sanfter Wind weht durch die Straßen, und viele Menschen sind unterwegs. Als ich mich der Medina nähere, fällt mir eine Menschenmenge auf, die sich an der Kreuzung versammelt hat. Neugier treibt mich näher zu ihr. Hunderte stehen dicht gedrängt: Kinder, Männer, alte Herren mit Gehstöcken und einige Frauen. Ihre gebannten Blicke sind alle auf dasselbe gerichtet.

Am Boden liegt eine verhüllte Gestalt, eine Frau. Ein Mann schlägt mit einer Peitsche auf sie ein. Ich erstarre. Die Frau schreit nicht, ihr Körper zuckt bei jedem Schlag. Um sie herum stehen vier bewaffnete Männer mit verschränkten Armen, als genössen sie das Schauspiel.

Ein anderer Mann tritt hervor, ein Megafon in der Hand. Der Peitschenschläger hält inne und tritt zurück. Die Frau bleibt reglos liegen, als wäre sie bewusstlos oder tot. Der Mann mit dem Megafon öffnet die Ladefläche eines weißen Pickups und holt einen Stein aus einem Sack. Mit voller Wucht wirft er ihn auf die Gestalt am Boden. Ihr Körper zuckt.

Der Mann spricht ins Megafon: »Nun dürfen alle mitmachen.«

Ein »*Takbir*« – »Gott ist groß« – hallt durch die Luft, und die Menge antwortet im Chor. Dann stürzt sie wie eine Welle nach vorn, greift in die Säcke, holt Steine hervor und wirft sie mit wilder Begeisterung. Es klingt wie ein dumpfes Trommeln.

Ohne zurückzublicken, dränge ich mich durch die Menge und laufe davon. Zum Getreideladen gehe ich nicht, sondern kehre nach Hause zurück, steige auf das Dach und setze mich neben den Taubenschlag. Regenbogen, meine treue Täubin, kommt näher, wohl in der Erwartung von Futter. Ich sehe sie an, und sie sieht zurück. Weiß sie, wie es mir geht, wenn sie sieht, dass ich weine?

## VON SÜSSIGKEITEN UND KUGELN

Wer die Frau war, weiß niemand genau. Ihr Schicksal ist in aller Munde. Auch mein Vater spricht am Abend über sie. Angeblich wurde sie auf einer Party erwischt, zusammen mit Männern, gekleidet in einen Minirock.

Ich kauere auf dem Teppich und starre auf die Muster. Vieles, was einst selbstverständlich war, ist heute ein Verbrechen. Eine Feier kann ein Todesurteil sein.

Als die Mudschahedin die Stadt eroberten, fühlte es sich wie eine Befreiung an. Die alte Regierung war korrupt gewesen, zerstritten, unfähig, ständige Ausgangssperren hatten alle mürbe gemacht. Die Stadt fiel beinah ohne Widerstand, und viele nannten die Neuankömmlinge »Befreier«. Auch ich war beeindruckt. Mit ihren langen Bärten, ihrem wallenden Haar und ihren schwarzen Gewändern wirkten sie wie Krieger aus einem Fantasyfilm. Sie lächelten, sie ließen Kinder ihre Gewehre berühren und verteilten Süßigkeiten.

Onkel Ali war von Anfang an skeptisch. Ich erinnere mich, dass wir an der Hauptstraße standen und zusahen, wie sie in Pick-ups und Humvees durch die Stadt fuhren. »Die Amerikaner haben auch Süßigkeiten verteilt, als sie kamen«, flüsterte er. »Erst eine Süßigkeit, dann eine Kugel in den Kopf.«

Zunächst schien er unrecht zu haben. Die Mudschahedin waren freundlich, brachten Ordnung, regelten den Verkehr, lösten die Stromprobleme, und die Behörden nahmen wieder ihre Arbeit auf – nun mit islamisierten Namen. Männer wie mein Vater konnten wieder arbeiten. Viele sagten, die Mudschahedin hätten in wenigen Wochen mehr erreicht als frühere Regierungen in einem Jahrzehnt.

Doch dann riefen sie das Kalifat aus. Treueschwüre auf den Kalifen wurden verlangt, und alles änderte sich. Freundliche Anweisungen wichen strengen Befehlen, Verhaftungen und öffentlichen Bestrafungen.

Ich durfte sie nie sehen. Kein Abhacken einer Hand, keine Hinrichtung. Heute habe ich die Steinigung einer Frau miterlebt.

## DAS FLIEGEN NICHT VERLERNEN

Einige Tage später bin ich wieder oben, streue Brotstückchen aus und beobachte die Tauben, wie sie vorsichtig danach picken. Meine Gedanken schweifen immer wieder ab, zurück zu der Frau, zu den Schreien der Menge, zum dumpfen Trommeln der Steine.

Früher waren meine Sommerferien aufregend und voller Lebendigkeit. Besuche bei den Großeltern, stundenlanges Sitzen in Onkel Alis Café, um die Geschichten aus seinem Taubenzüchterverein zu hören. Heute erscheinen diese Tage wie Tage aus einem fernen, fremden Leben. Jeder Ort wirkt unsicher, jede Begegnung wie ein Risiko.

Onkel Ali reißt mich aus meinen Gedanken. Mit der Schreckfahne in der Hand steht er vor mir. »Kann ich die Tauben fliegen lassen?«

»Natürlich.«

Er schwenkt die Fahne, und der Schwarm hebt ab. Wie ein einziges Wesen steigen die Tauben in die Höhe, kreisen in weiten Bahnen, bis sie im Blau über uns vergehen.

Onkel Ali lässt die Fahne sinken, doch sein Blick bleibt weiter am Himmel haften. »Willst du die Mövchentaube behalten?«, fragt er beiläufig.

»Ja. Ich habe ihre Schwungfeder gestutzt, sie wird jetzt der Lockvogel des Schwarms. Bei Schneeweiß habe ich die Feder freigelegt, damit sie bald wieder fliegen kann.«

»Schneeweiß war so lange ein Lockvogel«, sagt er. »Vielleicht weiß sie gar nicht, dass sie fliegen kann.« Er verstummt, dann fügt er hinzu: »Wir müssen aufpassen, dass uns das nicht passiert. Dass wir am Ende noch vergessen, wie man frei ist und fliegt.«

Onkels Worte schweben noch zwischen uns, während der Schwarm zur Landung ansetzt.

»Schreibst du immer noch über Gott?«, frage ich.

»Ja. Aber auch über die Tauben.«

»Lustig oder ernst?«

»Beides.«

Als der Schwarm gelandet ist, verabschiedet sich Onkel Ali und geht runter ins Haus. Kurz darauf sehe ich, wie er wieder herauskommt und durch die Haustür hinaus auf die Straße tritt. Sein Schritt wirkt sicherer, entschlossener.

Ich sehe ihm nach, bis er hinter der Schule verschwindet, und denke, dass auch ich das Fliegen nicht verlernen darf. Seit der Steinigung habe ich mich im Haus verkrochen. Vielleicht ist es an der Zeit, mal wieder hinauszugehen.

## DORT, WO DIE JUNGS SASSEN

Am Hauptplatz, wo manche ihre Autos parken, ist wenig Bewegung. Rechts liegt die al-Salam-Grundschule, links die al-Tawhid-Moschee mit einem winzigen Minarett, das kaum sichtbar zwischen den benachbarten Dächern steht. Dazwischen: Wohnhäuser, Reihe an Reihe.

Nachdem ich die Schule umrundet habe, werfe ich einen Blick zur Ecke der Moschee – vielleicht ist jemand dort. Früher war das ein Treffpunkt. Wir Jungs saßen da stundenlang, plauderten, spielten Backgammon oder Karten.

Jetzt ist alles anders. Wenn überhaupt noch jemand an der Moscheewand lehnt, wird kaum laut gelacht. Es wird nicht mehr gespielt. Nur noch geredet – vorsichtig, als würde jedes Wort mitgeschnitten.

Ein Nachbar kommt mir entgegen, bleibt stehen. Hamid war im Jahrgang über mir in der Schule. Ruhig, klug, höflich. Nie für Blödsinn zu haben. Sein Vater war der Muezzin unserer Moschee, bis die Mudschahedin ihn absetzten, weil er sich weigerte, die Niqab-Pflicht zu verkünden. Seitdem steht er unter Hausarrest.

Ich begrüße ihn und stelle mich neben ihn.

»Ich vermisse die sanfte Stimme deines Vaters«, sage ich.

»Ich auch.«

»Der neue Muezzin brüllt nur.«

Hamid sagt nichts. Sein Blick bleibt am Boden, die Finger verknoten sich ineinander.

»Geht es ihm gut?«

»Es geht.«

»Und dir?«

»Gut.«

»Willst du eine Runde mit mir drehen?«

»Nein. Ich warte auf jemanden. An der Medina-Kreuzung ist gleich eine Veranstaltung. Soldaten erzählen von ihren Einsätzen in den Ländern der Ungläubigen. Der Wali hält eine Rede.«

Ich spüre, wie sich mein Körper leicht anspannt. Nicht schon wieder diese verdammte Kreuzung. Ich schiebe den Gedanken weg.

»Dschihad Open Air?«, frage ich, mein Lächeln hinkt dem Satz hinterher.

Hamid schmunzelt. »Willst du mitkommen?«

»Nein. Ich geh nach Hause. Viel Spaß bei eurer Party.«

Ich drehe mich um und gehe. Vielleicht war das schon ein Anfang. Ich war draußen. Ich habe gesprochen. Und ich habe gemerkt, dass etwas in mir noch zögert – etwas, das sich weigert, so zu tun, als wäre nichts gewesen.

## DIE GRÜNE TAUBE

Ich widme mich der mühsamen Aufgabe, das Dach aufzuräumen und die Nistkästen aus dem Taubenschlag zu entfernen.

Meine hübsche Täubin Karamelle hat bereits Eier gelegt – ungeeignet für diese Jahreszeit. Im Sommer ist die Hitze so stark, dass kaum ein Ei trägt. Und selbst wenn ein Küken schlüpft, überlebt es in der Glut kaum. Die Altvögel fliegen nur noch selten hoch, werden schnell müde, und wenn sie zusätzlich brüten, werden sie träger.

Die Eier haben keine Chance. Ich muss sie entsorgen.

Ich entferne die Kästen, verstaue sie unter der Treppe und reinige den Innenraum des Schlags. Den Taubenkot lasse ich vorerst liegen, damit die Sonne ihn trocknet. Später werde ich ihn lockern und aufsammeln – Onkel Ali schwört darauf, dass er der perfekte Dünger für seine Kletterpflanzen ist.

Erschöpft lasse ich mich auf den Boden sinken. Ein leichter Wind bringt etwas Erfrischung. Ich schaue in den Himmel und entdecke eine Taube – allein unterwegs. Ich greife zur Schreckfahne, scheuche meine Tauben auf. Die Fremde reiht sich ein.

Ich platziere Schneeweiß auf dem Zaun. Einer nach dem anderen kehren die Vögel zurück. Nur die neue kreist noch eine Weile, bevor auch sie landet.

Sie ist außergewöhnlich: eine hellrote Farbentaube mit einem grünlich schimmernden Hals. Grüne Tauben gibt es nicht, soweit ich weiß. Sie wirkt vertraut mit dem Dach, trinkt

Wasser, pickt einige Körner – als die anderen in den Schlag gehen, bleibt sie draußen. Nachdem ich ein paar Tauben wieder aus dem Schlag herausgetrieben habe, sehe ich, wie sich Karamelle neben die fremde Taube setzt.

Ich strecke eine Hand nach Regenbogen aus, meine zutraulichste Täubin. Ich halte sie so, dass ihre Flügel flattern. Ich will der Fremden vortäuschen, eine Taube flöge auf sie zu. Mit der anderen Hand verberge ich den Kescher hinter meinem Rücken.

Als ich nah genug bin, springe ich vor – doch im Netz zappelt nicht die Grüne, sondern Karamelle. Die Fremde fliegt erschrocken davon und verschwindet in der Ferne.

Was für ein Reinfall.

Ich befreie Karamelle und lasse sie los.

Früher, als sich die Züchter im Café meines Onkels trafen, wäre das eine erzählenswerte Geschichte gewesen, über die dann alle gelacht hätten. Ich habe mir so viel Mühe gegeben und am Ende nur meine eigene Taube gefangen. Ich lache – und niemand hört es.

Jemand klopft an die Haustür. Suad eilt hin. Mit Karimas fröhlichem Wesen strömt sofort große Lebendigkeit in den Hof. Sie umarmt Suad herzlich. Karima streift ihren Niqab ab und lässt ihn auf ihren Arm fallen.

»Verdammt, ich fühle mich in dem Ding wie ein Mehlsack«, sagt sie und deutet auf ihre Brüste und ihren Hintern. »All das hier – geschaffen von Gott, und trotzdem soll es niemand sehen dürfen. Was für ein Unsinn!«

Ihr Blick fällt ins Wohnzimmer. Als sie mich bemerkt, lächelt sie breit. »Noah, du hast nichts gehört, oder?«

»Ich bin taubstumm, kann nichts hören, kann nicht sprechen«, antworte ich grinsend.

Karima kommt auf mich zu. Die flüchtige Berührung meiner Wange mit ihren Lippen und die Wärme ihrer Haut fühlen sich an wie ein Sonnenstrahl.

»Er ist ja richtig erwachsen geworden«, sagt Karima zu Suad und mustert mich mit gespieltem Ernst. »Er hat sogar schon Haare über der Oberlippe!«

»Hast du sie noch alle?«, entgegnet Suad. »Lass ihn in Ruhe!« Beide brechen in herzhaftes Gelächter aus.

Karimas kurze schwarze Haare, durchzogen von frechen blonden Strähnen, wirken rebellisch. Sie ist anders als meine Schwester mit ihrem sanften Wesen. Nachdem Karima auch meine Mutter begrüßt hat, setzen sich die Frauen zusammen in die Küche.

Ich möchte die lebhafte Runde ungern stören und gehe zur Haustür, um aufs Dach zu meinen Tauben zu ziehen. Doch Karima ruft mir hinterher: »Noah, komm her!«

»Ja?«

»Setz dich zu mir!«

»Warum?«

»Komm schon, ich hab's gesagt!«

Sie greift nach meiner Hand und zieht mich in die Küche. »Ich habe gute Nachrichten für dich«, sagt sie mit leuchtenden Augen.

»Was denn?«

»Die Bildungsbehörde hat beschlossen, dass alle Schüler von der ersten bis zur elften Klasse ohne Prüfung versetzt werden!«

»Wie bitte?«

»Glückwunsch, du bist jetzt in der neunten Klasse!«

Ein Lächeln erscheint auf meinem Gesicht. Für einen Moment überlege ich, ob sie mich auf den Arm nimmt.

»Freust du dich nicht?«

»Doch, natürlich! Ich bin nur überrascht. Aber du machst keinen Scherz, oder?«

»Ich schwöre es!«

»Das ist ja Wahnsinn!«

»Und bekomme ich als Überbringerin dieser Nachricht eine Belohnung?«

»Ich könnte dich auf die Wange küssen.«

»Das könnte mir gefallen«, sagt Karima und lacht, und auch Mutter und Suad kichern und gratulieren mir.

Karima, die bis vor Kurzem an der al-Salam-Grundschule

unterrichtet hat, greift in ihre Tasche und zieht einen Brief heraus. »Ich habe noch mehr gute Nachrichten: Ich darf wieder als Lehrerin arbeiten – nur für Mädchen und unter ein paar strengen Auflagen.«

»Was sind das für Auflagen?«, fragt Mutter.

»Ich muss an einem zweiwöchigen Workshop teilnehmen, dem Kalifen Treue schwören und eine Reueerklärung unterschreiben.«

»Eine Reueerklärung?«, fragt Suad.

»Ich muss schriftlich bestätigen, dass ich es bereue, für die alte Regierung als Lehrerin gearbeitet zu haben.« Trotz der seltsamen Bedingungen strahlt Karima vor Glück. »Wisst ihr, es ist alles nur ein großer bürokratischer Unsinn!«

»Herzlichen Glückwunsch!«, sagen Mutter und Suad wie aus einem Mund.

Doch Suad runzelt die Stirn. »Wenn du wieder unterrichten darfst ... heißt das, Frauen dürfen jetzt generell arbeiten?«

»Nur in ein paar Berufen – als Mudschahida bei der Polizei oder in der Armee, als Lehrerin für Mädchen, Ärztin für Frauen ...«

»Dann habe ich wohl den falschen Beruf gewählt.«

# AL PACINO KEHRT ZURÜCK

Ich renne zu Mohameds Elternhaus und klopfe an die Tür, bereit, ihm von den Neuigkeiten zu erzählen. Doch bevor ich etwas sagen kann, ruft eine seiner Schwestern aus dem Inneren: »Er ist im Imbiss!«

Der kleine Laden liegt in einer schmalen Nebenstraße hinter der al-Rahman-Moschee. Durch die offene Tür sehe ich Mohamed und seinen Vater Nurullah. Der Vater sitzt hinter der Kasse, Mohamed bereitet konzentriert Sandwiches zu. Der Geruch von heißem Fett und frischen Falafeln dringt nach draußen. Als Nurullah mich bemerkt, hebt er kurz das Kinn in Richtung Mohamed. Der lässt gleich alles stehen und liegen und kommt zu mir heraus.

»Viel Spaß!«, ruft uns sein Vater zu.

»Lass uns spazieren gehen«, sagt Mohamed.

Gemeinsam verlassen wir die Gasse und biegen in die belebte Basarstraße ein.

»Ich habe gute Neuigkeiten«, beginne ich. »Wir sind ohne Prüfung in die nächste Klasse versetzt worden.«

»Weiß ich doch schon«, sagt Mohamed. »Mein Vater hat es im Mitteilungsblatt der Regierung gelesen.«

»Du könntest wenigstens so tun, als wärst du überrascht«, sage ich grinsend.

Er zuckt mit den Schultern. »Freut mich trotzdem.«

Wir schlendern durch die engen Gassen der Medina. Die

Stimmen der Basarstraße verblassen, und eine seltsame Ruhe legt sich über die alten, verwitterten Häuser.

»Wie geht's Ahmed und seinen Tauben?«, frage ich.

»Der Junge hockt nur noch auf dem Dach«, sagt Mohamed. »Er spricht kaum noch mit uns. Die Tauben – die leben besser als wir.«

Ich zögere, dann frage ich: »Bist du sauer auf mich? Du bist in letzter Zeit so still.«

»Sauer? Warum?«

»Ich weiß nicht. Du wirkst so abweisend.«

Mohamed bleibt stehen. »Sei nicht kindisch, Noah. Ich bin nur überfordert. Meine ältere Schwester ist mit ihren Kindern bei uns eingezogen. Zwölf Leute in drei Zimmern. Mein Vater baut ein Zimmer im Hof, und ich helfe bei allem. Es bleibt kaum noch Zeit für irgendetwas anderes.«

»Tut mir leid.«

»Danke. Aber … wie soll ich dir das erklären? Es ist, als würde alles um mich herum zusammenbrechen. Ich arbeite, ich helfe, aber am Ende fühlt sich alles sinnlos an.«

»Wenn du Hilfe brauchst, sag Bescheid«, sage ich. »Bei mir ist es … Seit der Steinigung an der Kreuzung gehe ich kaum noch raus. Es macht mich fertig.«

»Gestern haben sie einen Mann aufgehängt«, sagt Mohamed.

»Warum?«

»Weiß keiner genau. Sie sagen, er war ein Spion.«

Wir gehen weiter. Zwischen uns nur die Schritte. Schließlich frage ich: »Hast du etwas von Shirzad und seiner Familie gehört?«

Mohamed kickt einen kleinen Stein vor sich her und weicht meinem Blick aus. »Ich war ein paarmal bei ihrem Haus. Erst schien es leer. Dann hat mir eine fremde Frau geöffnet, die kein Arabisch sprach.«

»Vielleicht sind sie rechtzeitig geflohen.«

»Vielleicht«

Wir setzen unseren Weg fort. Die Gassen wirken verlassen, und selbst der Basar scheint stiller als sonst. An einer Ecke huschen vier Männer an uns vorbei, ihre Gesichter angespannt, immer wieder schauen sie sich um.

»Sie machen, was sie wollen«, sage ich.

Mohamed legt eine Hand auf meine Schulter und flüstert: »Was, wenn auch wir etwas machen?«

»Wie meinst du das?«

»Lass uns anfangen, sie zu ärgern. Nur kleine Sachen. Plakate abreißen, Sprüche an Wände malen. Kleine Zeichen.«

»Und dann?«

»Ich weiß nicht. Wenigstens tun wir etwas.«

»Warum nicht?«

»Ich muss zurück zum Imbiss, ich hole dich am Nachmittag ab«, sagt er. »Dann reden wir weiter. Und vielleicht spielen wir auch Fußball.«

»Al Pacino wäre stolz«, sage ich.

Wir lachen und schauen uns an, es fühlt sich gut an.

## DER TORWART, DER DEN TAUBEN NACHSIEHT

Einen Taubenzüchter sollte man auf keinen Fall ins Tor stellen. Das betrifft auch mich selbst. Spätestens seit jenem Spiel, bei dem ich wie hypnotisiert das Tor verließ, weil ich eine Gruppe verirrter Tauben am Himmel sah, bin ich für meine Mannschaft ein Risiko: Ich vergaß alles um mich herum und eilte nach Hause, um meinen Schwarm aufsteigen zu lassen. Das Tor blieb leer, der gegnerische Stürmer hatte leichtes Spiel, und wir verloren. Seitdem verfolgt mich der Spott, und die anderen vertrauen mir nicht mehr.

Früher war Fußball unser Leben. Nachmittags saßen wir in Cafés, fieberten mit der Nationalmannschaft oder bei den legendären Duellen zwischen Real Madrid und dem FC Barcelona Von Mohamed und Shirzad, eingefleischten Barcelona-Fans, hatte ich mich auf ihre Seite ziehen lassen – eine kleine Rebellion gegen meine Familie, die geschlossen hinter Real stand. Diese Rivalität brachte uns zum Lachen, zum Streiten und vor allem zusammen.

Heute gibt es keine Fußballübertragungen mehr, die Cafés sind geschlossen, und jede öffentliche Versammlung wird streng überwacht. Selbst unser eigenes Spiel ist reglementiert: lange Hosen, keine lauten Jubelrufe, und zu Gebetszeiten müssen wir unterbrechen. Manchmal frage ich mich, wie lange sie uns überhaupt noch spielen lassen. Onkel Ali scherzte einmal: »Wenn die Mudschahedin eine Mannschaft gründen, wird keiner jemals versuchen, ein Tor gegen sie zu erzielen. Wer will schon riskieren, nach dem Spiel nicht mehr heimzukehren?«

Wider Erwarten stehe ich heute wieder im Tor. Zu Beginn läuft es besser als gedacht: Ich halte die ersten Schüsse ab, und als ein paar Vögel am Himmel kreisen, widerstehe ich der Versuchung, den Blick zu heben.

»Es ist gar nicht so hoffnungslos mit dir!«, ruft Mohamed über das Feld und grinst.

Für einen Moment fühle ich mich wie früher, frei, leicht, lebendig. Doch in einer Spielpause schweifen meine Gedanken zu Shirzad. Er war ein Teil von uns: mit seinem Lachen, seiner Leidenschaft für absurd schlechte Kung-Fu-Filme und seinem unermüdlichen Einsatz auf dem Platz. Was ist mit ihm geschehen? Lebt er? Ist er im Exil? Oder ist er Teil jener Geschichten geworden, über die wir nicht mehr sprechen?

Das Spiel geht weiter, ich kassiere zwei Tore in kurzer Folge. Wir schenken den Sieg her, aber das Spiel endet immerhin mit einem Unentschieden – für mich ein kleiner Triumph. Nach dem Abpfiff klopft Mohamed mir auf die Schulter.

»Vielleicht bist du doch mehr als nur ein Taubenzüchter.«

## DIE HAND
## DER MOSCHEE

Nach dem Spiel sitzen Mohamed und ich auf der Mauer der al-Salam-Grundschule und lassen die Füße baumeln. Die letzten Sonnenstrahlen tasten über die Kuppel der Moschee, werfen lange Schatten und tauchen das Viertel in ein warmes, orangefarbenes Glühen.

»Als du vorhin gesagt hast, du willst zurückschlagen, dachte ich, du machst Witze«, beginne ich vorsichtig. »Aber du meinst es ernst, oder?«

Mohamed grinst schief. »Natürlich meine ich es ernst. Die Frage ist nur: Wie?«

Ich mustere ihn aus den Augenwinkeln. »Parolen an die Wände? ›Gegen das Kalifat‹? Oder: ›Keine Religion ist besser als Menschenwürde‹?«

Er schüttelt den Kopf. »Langweilig. Das haben sie doch schon tausendmal gesehen. Jemand schreibt es, sie übermalen es. Damit erreichst du nichts.«

»Was schwebt dir vor?«, frage ich.

Mohamed lehnt sich zurück, sein Blick schweift über die Dächer, als suchte er dort eine Antwort. »Denk mal an die Comics, die ich früher gezeichnet habe. Bilder sagen mehr als Worte. Sie sind direkter.«

»Die Mudschahedin als Teufel mit Hörnern?«, schlage ich halb ernst, halb spöttisch vor.

»Ist mir zu plump. Ich wäre für eine Moschee mit einem

Minarett – aus dem Minarett streckt sich eine große Hand und zerdrückt die schwarze Flagge des Kalifats.«

Ich sehe es klar vor mir, und für einen Moment bin ich sprachlos. Es ist mächtig, klar – und gefährlich.

»Das wird jeder verstehen«, sage ich schließlich.

»Und es ist nicht gegen Religion«, fügt Mohamed hinzu.

»Du bist ein Genie.«

Er lächelt schwach, doch in seinen Augen liegt ein scharfer Ernst. »Wenn sie uns erwischen, nageln sie uns beide an die Wand.«

»Wann legen wir los?«

»Morgen Mittag. Ich bringe Farben und Pinsel mit. Du besorgst ein weißes Plakat, einen Hammer und ein paar Nägel.«

Wir springen von der Mauer. Während wir langsam durch die schmalen Gassen gehen, wandert mein Blick zum Himmel. Eine einzelne Taube zieht hoch über uns ihre Kreise, die Flügel leuchten im Licht der Abendsonne. Ich kann sie nicht ganz genau erkennen, aber es kommt mir so vor, als wäre es wieder die Taube mit dem grünlich schimmernden Hals.

Mohamed schüttelt den Kopf. »Schon wieder eine fremde Taube, oder?«

»Ja«, antworte ich, den Blick auf sie gerichtet.

Er klopft mir auf die Schulter. »Na dann, Herr der Tauben, geh zu ihr. Ich melde mich.«

Mit einem letzten schiefen Lächeln wendet er sich ab und verschwindet in den Schatten der Gassen. Ich bleibe stehen und schaue weiter zur Taube hoch über mir, die frei durch den Abendhimmel fliegt. Ich lasse sie in Ruhe. Es gibt keine grünen Tauben. Und wenn es sie doch gibt, lassen sie sich nicht fangen.

## DER ABGEMAGERTE UND DIE VOGELSCHEUCHE

Am nächsten Tag hole ich meine Tauben von ihrem morgendlichen Flug zurück, die Luft ist klar, mein Inneres brodelt. Heute werden Mohamed und ich unseren Plan umsetzen. Die Aufregung bereitet mir Magenschmerzen, ich habe die ganze Nacht über kaum geschlafen.

Auf dem Weg zur Hauptstraße kaufe ich ein großes weißes Plakat. In einem anderen Laden besorge ich Nägel; einen Hammer habe ich zu Hause. Mit meinen Einkäufen in der Hand kehre ich ins Haus von Onkel Ali zurück und warte auf Mohamed. Meine Füße wippen unaufhörlich, mal bin ich voller Vorfreude, mal voller Angst.

Als Mohamed eintrifft, öffne ich ihm die Tür und führe ihn ins Wohnzimmer. Seine Tasche ist voll mit Pinseln, Farben und alten Zeitungen. Er breitet die Zeitungen auf Möbeln und dem Boden aus, legt alles andere sorgfältig hin und prüft die Pinsel – wie ein Musiker, der sein Instrument stimmt. »Die Stimmung muss passen«, spricht er und öffnet das Fenster weit. Sein Gesicht ist angespannt, Schweißperlen glitzern auf seiner Stirn.

»So sehen die großen Künstler aus«, scherze ich, doch Mohamed reagiert nicht. Vertieft in seine Arbeit, beginnt er, die Farben zu mischen. Die Atmosphäre im Raum verändert sich, als wäre etwas Bedeutendes im Entstehen.

Ich lasse ihn arbeiten und gehe rüber ins Elternhaus, wo

meine Mutter in der Küche steht. Der Duft von Kofta und Bratkartoffeln schleicht sich durch jede Ritze, hinaus in den Hof. Sie reicht mir zwei Teller, voll beladen. »Ihr solltet essen, um stark zu bleiben«, sagt sie streng. »Noah, du bist viel zu dünn, und Mohamed sieht aus wie eine Vogelscheuche.«

»Mama, schlank sein ist gesund«, erwidere ich lachend.

»Richtig essen ist gesund«, entgegnet sie mit Nachdruck.

Ich kehre mit den Tellern zurück zu Onkel Alis Haus.

Als ich das Wohnzimmer betrete, sehe ich Mohamed über das Bild gebeugt, seine Hand führt präzise Striche aus. Ich stelle seinen Teller ab und ziehe mich zurück, setze mich in die kleine Küche meines Onkels und esse.

Nach zwei Stunden intensiver Arbeit ruft Mohamed mich ins Wohnzimmer. Als ich eintrete, sehe ich das fertige Werk: Eine mächtige Hand wächst aus einem Minarett und zerdrückt die schwarze Flagge des Kalifats, umgeben von einem leuchtenden Lichtschein. Die Farben sind lebendig, die Botschaft unmissverständlich. Mohamed signiert das Bild mit den Worten: »Al Pacino schlägt zurück.«

»In einer Stunde ist es trocken«, sagt er, fast zu sich selbst.

»Und was dann?«, frage ich.

»Die Mittelschule ist der perfekte Ort. Dort hängen wir es auf. Direkt vor dem Busbahnhof, wo es jeder sehen wird«, erklärt er mit entschlossenem Blick. »Treffen wir uns um Mitternacht vor deiner Tür? Schaffst du das?«

»Ich denke schon. Alle gehen früh schlafen – ohne Fernsehen ist der Abend langweilig.«

## DER KURZE LANGE WEG

Ich höre nur das rhythmische Schnarchen meines Vaters, der neben mir auf seiner Matratze liegt. Ich schiebe die Decke zur Seite, ziehe mir etwas über und gleite durch den Hof, die Treppe hinauf aufs Dach, wo ich das zusammengerollte Plakat hinter dem Wasserspeicher versteckt habe. Ich klemme es mir unter den Arm. Der kleine Hammer und die Nägel stecken in meiner Hosentasche.

Ich setze mich, lehne mich an den Speicher. Von hier aus sehe ich den Taubenschlag drüben auf dem Dach meines Onkels. Kein Flügelschlag stört die Dunkelheit, meine Tauben schlafen. Ich blicke in die sternenklare Nacht. Der Mond fehlt – er verpasst etwas, denke ich. Ich versuche, die Nervosität abzuschütteln. Für einen Moment hoffe ich, Mohamed kommt nicht. Dann könnte ich einfach zurück ins Bett schleichen, die Nacht vergessen und mir selbst einreden, ich hätte es nie ernst gemeint. Doch schon sehe ich ihn in der Ferne und erkenne sofort, dass Mohamed entschlossen ist, wachsam, seine Bewegungen sind zielgerichtet.

Ich steige vom Dach, und ohne ein Wort zu wechseln, machen wir uns auf den Weg zur Schule »al-Jinan für Jungen«.

Ein plötzlicher Lichtschein lässt uns innehalten. Ein Auto nähert sich. Instinktiv werfen wir uns hinter ein geparktes Fahrzeug. Der Polizeiwagen rollt langsam die Straße entlang, seine Scheinwerfer gleiten über die Wände. Wir atmen nicht.

Als das Auto verschwunden ist, kommen wir wieder hinter dem Fahrzeug hervor und gehen weiter. Ich zucke kurz zusammen, als mich plötzlich von der Seite zwei Augen anleuchten. Nur eine Katze.

»Alles in Ordnung?«, flüstert Mohamed.

»Ja«, antworte ich mit brüchiger Stimme.

Wir setzen unseren Weg fort. Die Angst umhüllt uns wie ein unsichtbarer Schleier. »Wir lassen uns nicht aufhalten«, sagt Mohamed.

»Ja«, antworte ich ohne jede Überzeugung.

Trotz allem gehen wir weiter, Schritt für Schritt, bis wir vor der Schule stehen. Die Straße ist menschenleer, nur eine schwache Lampe beleuchtet den Platz. Ich gebe Mohamed das eingerollte Plakat, meine Hände zittern. Er breitet es vor mir aus und wir machen uns gemeinsam daran, es an die Wand zu nageln.

Die ersten Schläge mit dem Hammer sind zögerlich, das Geräusch klingt viel zu laut in meinen Ohren. Mohamed nimmt mir den Hammer ab und arbeitet mit vorsichtigen, gezielten Bewegungen weiter.

Als wir fertig sind, treten wir ein paar Schritte zurück und betrachten unser Werk im schwachen Licht. Eine Mischung aus Angst und Stolz erfüllt mich. Wir haben es getan.

Wir rennen durch die leeren Gassen zurück, das Adrenalin treibt uns voran. Erst als wir unser Viertel erreichen, verlangsamen wir wieder unsere Schritte.

»Wir sollten uns eine Woche lang nicht sehen«, sagt Mohamed. »Auch die Ninwastraße meiden.«

»Verstanden.«

»Shirzad wäre stolz auf uns.«

»Ja … Al Pacino auch.«

## EIN DRACHE SPUCKT FEUER

Lange liege ich wach im Bett. Erst Euphorie, dann Angst, dann wieder Stolz Wir haben es gewagt. Als der Himmel draußen heller wird, finde ich etwas Ruhe und schlafe ein.

Ich wache spät auf – zerschlagen, schwerfällig. Beim Frühstück berichtet meine Mutter von den neuesten Geschehnissen: Die Ninwastraße wurde am Morgen vollständig abgeriegelt. Ein Polizeiauto fährt hin und her, Kontrollpunkt vor der Schule.

Ich sage nichts. Am liebsten würde ich diesen Tag überspringen, einfach aus der Zeit herausfallen.

»Warum so still?«, fragt meine Mutter.

»Du siehst blass aus«, sagt Suad.

»Ich habe nur schlecht geschlafen.«

Nach dem Frühstück steige ich aufs Dach. Die Tauben flattern träge umher, während ich in die Nachbarschaft spähe. Alles wirkt ruhig, doch jedes Mal, wenn sich ein Auto nähert, halte ich den Atem an – aus Angst, es könnte vor unserem Haus stoppen.

War es ein Fehler, unseren Bandennamen »Al Pacino« auf das Bild zu schreiben? Einige Mitschüler kennen diesen Namen. Was, wenn einer redet? Der Gedanke, dass wir einen entscheidenden Fehler begangen haben könnten, dröhnt in mir.

Ich verbringe den Rest des Tages mal bei den Tauben, mal auf dem Sofa, unfähig, mich auf irgendetwas zu konzentrieren. Erst am Abend – bislang hat keiner an unsere Tür geklopft – löst sich die Anspannung langsam in mir.

Als ich höre, dass Onkel Ali nach Hause kommt, gehe ich zu ihm rüber. Er mustert mich mit einem Blick, der schwer zu deuten ist.

»Hast du gehört, was auf der Ninwastraße passiert ist?«, fragt er.

»Keine Ahnung.« Mein Magen zieht sich zusammen.

»Ein paar mutige Leute haben ein Bild gemalt.«

»Hast du es gesehen?«, frage ich und versuche, es möglichst beiläufig klingen zu lassen.

»Ich habe nur gehört, dass es eine Moschee zeigt, die Feuer auf die Flagge des Kalifats speit – wie ein Drache.«

Ich bin überrascht. So schnell verbreiten sich also Gerüchte und verwandeln sich in Legenden.

»Hut ab!«, sagt Onkel Ali. »Echt originell.«

## DAS HAUS AM FLUSS

Eine Woche später. Ich wache auf, und das Erste, was ich höre, ist ein Schluchzen. Als ich in die Küche komme, sehe ich Mutter am Tisch sitzen, die Tränen fließen unaufhaltsam über ihr Gesicht. Neben ihr steht Suad, ihre Hand ruht sanft auf Mutters Schulter. Sie flüstert beruhigend, zart. Ich höre nicht, was sie sagt, doch ihre Worte scheinen Trost zu spenden.

»Was ist passiert?«

»Sie vermisst Oma und Opa«, sagt Suad und wirft mir einen Blick zu, der zur Zurückhaltung mahnt.

Ich suche nach den richtigen Worten. »Ich vermisse unsere Großeltern auch«, sage ich.

Mutter hebt den Kopf, ihre Augen sind rot, ihr Gesicht ist von Erschöpfung gezeichnet. Suad wendet sich mir zu.

»Lass uns bitte allein.«

Meine Mutter hat neben ihrer Schwester Halima noch drei ältere Brüder. Insgesamt habe ich elf Cousins und Cousinen. Die Großeltern sind das Herz der Familie, das Zentrum, wo wir uns jedes Jahr zum Zuckerfest, Opferfest oder am Ende der Sommerferien treffen. Doch dieses Jahr ist es anders. Wir leben jetzt im Kalifat, »im Haus des Islams«, während die Großeltern und die Onkel im »Land der Ungläubigen« wohnen.

Vor dem Haus der Großeltern haben sich meine Eltern zum ersten Mal gesehen: Das Mädchen Raja stand gerade vor der Tür, als Akram, ein junger Mann, vorbeikam und die Schönheit des Mädchens bewunderte. Er sprach Raja an, sie wies ihn neckisch ab. Der Hahn auf dem Zaun sei ansehnlicher als er, sagte sie. Doch Akram blieb hartnäckig, ging immer wieder am Haus vorbei, bat schließlich um ihre Hand und gewann ihr Herz. Am Tag der Verlobung wurde jener Hahn geschlachtet, der bei ihrer ersten Begegnung auf dem Zaun gestanden hatte. Er wurde gegrillt und als Festmahl serviert.

Das Anwesen der Großeltern liegt in einem kleinen Dorf, an der breitesten Stelle des Flusses. Der Bauernhof schließt viele Felder und Tiere mit ein. Mit Opa Ramadan fuhren wir Kinder oft auf seiner Eselskutsche durch die umliegenden Dörfer. Er erzählte Geschichten, in denen Fantasie und Wirklichkeit verschwammen und Magie eine Rolle spielte. Einmal sprach er von einem Mann, der den geheimen hundertsten Namen Gottes kannte und deshalb mit Tieren sprechen konnte.

»Was würdet ihr tun«, fragte er uns, »wenn ihr diesen Namen kennen würdet?«

Nächtelang stellte ich mir vor, wie es wäre, mit Tieren zu sprechen. Heute weiß ich: Man muss nicht die einzelnen Laute verstehen, um ihre Sprache zu verstehen. Tauben flüstern mit ihren Flügeln.

Im letzten Sommer erzählte ich meinem Großvater von meinen Vögeln. Er lachte. »Weißt du, dass Tauben an keinen Gott glauben?«, fragte er. »Auf ihren Flügen sehen sie, dass niemand im Himmel sitzt.«

»Opa, bist du etwa ein Ungläubiger?«, fragte ich erstaunt.

»Nein«, sagte er, »ich bin ein Agnostiker.«

»Was ist das?«

»Jemand, der die Frage nach Gott für unbeantwortbar hält.

Wichtiger erscheint ihm, Gurken von Zucchini unterscheiden zu können. Das macht am Esstisch den Unterschied, nicht Gott.«

Ich lachte. »Vielleicht sind Tauben ja auch Agnostiker.«

»Vielleicht«, sagte er. »Darum sind sie so friedlich.«

Oma ist das Gegenteil von Opa, sie spricht wenig, ist ihrer eigenen Aussage nach »keine Plaudertasche«. Wenn wir dort waren, zeigte sich ihre Liebe in Umarmungen, die nicht enden wollten, und in Mahlzeiten, die wie Geschenke waren. Sie war der Mittelpunkt des Hauses.

Die Tante und die Onkel organisierten Ausflüge, gingen mit uns Kindern schwimmen, fischen, wir spielten Karten oder Backgammon miteinander und grillten fast täglich. Wir Kinder hatten unsere eigenen Abenteuer. Besonders mochte ich »die Quelle«, eine kleine Oase am Flussufer. Dort planschten wir stundenlang.

Einmal, ich war neun Jahre alt, küssten meine Cousine Fatima und ich uns hinter einem Feigenbaum. Wir hatten die Älteren beobachtet und wollten es ausprobieren. Doch das Küssen fand ich langweilig, und wir kehrten schnell zu unseren Spielen zurück. Jahre später lachten wir darüber.

Die Zeit bei den Großeltern war magisch. Jedes Jahr aufs Neue. Doch nun bleibt uns so ein Sommer verwehrt.

Mutter sitzt in der Küche und weint.

## FLÜGEL DER EINSAMKEIT

Der Himmel ist voller Leben. Meine Tauben teilen ihn sich mit vier anderen Schwärmen.

In der Ferne entdecke ich drei Tauben, die sich verirrt haben. Mal schließen sie sich einem Schwarm an, mal einem anderen, doch keiner scheint wirklich ihrer zu sein. Eine von ihnen, eine graue Taube, fliegt schließlich in Richtung meines Schwarms. Wilde, meine mutige Warzentaube, reagiert sofort: Mit einem kraftvollen Flügelschlag sendet sie ein Signal. Die Graue erwidert es, und die beiden gleiten gemeinsam davon. Fauler Sack, mein gemächlicher Träumer, folgt ihnen ohne Zögern.

Auch die anderen beiden verirrten Tauben schließen sich ihnen an. Gemeinsam formieren sie nun eine neue Gruppe von fünf Vögeln.

Ich setze den Lockvogel auf den Zaun und hole meinen Schwarm herunter. Doch die neue Formation fliegt unbeirrt weiter, verschwindet aus dem Viertel, und bald kann ich sie nicht mehr sehen.

Lange halte ich die verbliebenen Tauben auf dem Zaun, lasse sie nur kurz auf den Boden des Daches oder in den Taubenschlag. Vielleicht kehren Wilde und Fauler Sack noch um und merken, dass ihr Schwarm auf sie wartet.

Die Sonne steht hoch, und ich starre vergeblich in den Himmel. Die Zeit verrinnt, die Hitze ist nicht mehr zu ertragen.

Es ist meine Schuld. Ich habe sie im Stich gelassen. Wilde und Fauler Sack waren die einzigen Singles in meinem Schwarm. Obwohl sie die Geschlechtsreife vor ein paar Wochen erreicht haben, habe ich sie nicht zur Paarung ermutigt. Ich hätte sie stärker animieren müssen – vielleicht wären sie dann nicht mit fremden Tauben aufgebrochen. Einsame Tauben suchen sich einen Gefährten, egal, wie weit sie dafür fliegen müssen.

Früher brachten Onkel Ali und ich die Paare im Nistkasten zusammen. Wir schlossen sie über Nacht ein. Am Morgen war die Verbindung besiegelt, der Schwarm stabiler. Eine Art Zwangshochzeit, notwendig und effektiv. Doch Wilde und Fauler Sack habe ich sich selbst überlassen. Nun sind sie fort.

In Onkels Wohnzimmer sitze ich auf dem Sofa und versuche, diesen Verlust zu verdauen. Wilde, die kühne Einzelgängerin, und Fauler Sack, der ruhige Träumer – eine Verbindung der beiden wäre ungewöhnlich, aber nicht wirklich unpassend. Ich hatte gedacht, sie würden von selbst zueinanderfinden. Vielleicht habe ich deshalb so lange gewartet.

Plötzlich höre ich vertraute Flügelschläge. Mein Herz springt. Ich renne zur Treppe, stürme nach oben, hinaus aufs Dach. Und da sitzen sie: Wilde und Fauler Sack, erschöpft, die Schnäbel weit geöffnet, das Gefieder staubig vom Flug. Was sie erlebt haben, bleibt ihr Geheimnis.

Ich sehe sie an, lächle. »Heute Nacht wird gefeiert, ob ihr wollt oder nicht«, sage ich. »Ihr werdet heiraten.«

## HAUPTPLATZ DES VERBOTENEN

Eine Lautsprecherdurchsage zerreißt die Mittagsruhe: »Ausgangssperre! Legt Verbotenes vor die Haustür oder auf den Hauptplatz gegenüber! Ausgangssperre! Legt Verbotenes vor die Haustür oder auf den Hauptplatz gegenüber!«

Meine Mutter ruft mich sogleich in die Küche, ihre Stimme ist angespannt. Als ich eintrete, steht sie vor dem Herd, die Hände fahrig, der Blick unstet. »Zieh den Herd vor«, flüstert sie. Ich mache das, und zum Vorschein kommt eine sorgfältig mit Klebeband versiegelte Plastiktüte.

»Da ist ein Handy drin.«

»Warum hast du das nicht früher weggebracht?«, frage ich.

Meine Mutter schweigt.

Ich nehme das Plastiktütenpaket und gehe ins Wohnzimmer. Dort schaue ich aus dem Fenster. Nichts Ungewöhnliches. Suad steht an der Tür und wirft mir eine weitere Tüte zu. Ihre Augen blitzen vor Zorn.

»Was ist das?«, rufe ich.

»Zeitschriften«, zischt sie nur.

Ich nehme ein Heft aus der Tüte, blättere flüchtig darin – zu viel nackte Haut, Kosmetikwerbung, Frauen in Nachthemden, in Unterwäsche. Eine Seite zeigt eine Frau, die lächelnd einen Lippenstift hält, eine andere einen Mann, der stolz eine Uhr präsentiert. Werbung – harmlose Bilder, die nun gefährlich sind wie Waffen.

Mit unserem Verbotenen gehe ich zum Hauptplatz. Es fühlt sich an wie Verrat, das Handy wegzugeben, aber was bleibt mir anderes übrig? Ich werfe es zusammen mit den Heften auf den Boden und kehre zurück.

Mutter und Suad sitzen in der Küche, ihre Gesichter ausdruckslos. Alles wirkt absurd und zugleich erschreckend normal.

Ich lege mich hin und versuche zu schlafen.

Als ich erwache, höre ich Stimmen im Hof. Sofort stehe ich auf. Dort sehe ich Mutter, die mit verschränkten Armen dasteht.

»Wer war das?«, frage ich.

»Die Ordnungspolizei«, flüstert sie und grinst. »Sie wollten wissen, ob wir noch verbotene Gegenstände haben. Haben wir nicht. Keine Durchsuchung. Sie wirkten müde.« Ihr Blick wird schelmisch. »Vielleicht hätte ich das Handy doch behalten sollen.«

Im weiteren Verlauf des Tages gehen alle wieder normalen Beschäftigungen nach. Suad hört Radio, Mutter kümmert sich um die Wäsche. Als wäre nichts geschehen.

Plötzlich ruft Suad mit aufgeregter Stimme: »Noah, du musst dir den Hauptplatz ansehen!«

Ich trete ans Wohnzimmerfenster – und erstarre. Der Platz wirkt wie ein absurder Scheiterhaufen: Mobiltelefone, Waffen, Satellitenschüsseln, DVDs, CDs, Schachfiguren, Poster und Gemälde – ein wilder Haufen Verbotenes.

Kurz darauf rollen Fahrzeuge heran. Polizisten und Männer in gelben Westen sammeln die Objekte ein wie Trophäen ihrer Macht, laden sie auf und verschwinden. Aus den Lautsprechern ertönt die Aufhebung der Ausgangssperre.

Was tun sie mit all diesen Dingen?

Ich flüchte aufs Dach zu meinen Tauben.

Bei ihnen hat alles seinen Platz, und das Leben fühlt sich richtig an.

## VON TAUBEN UND TRÄUMEN

Ich sitze auf dem Dach, als eine vertraute Stimme meinen Namen ruft: »Noah!«

Ich blicke über den Zaun – drei Frauen in Niqabs stehen vor der Haustür.

»Komm schon, erkennst du mich nicht?«, ruft die Stimme und lacht.

»Fatima?«

Ich eile nach unten und öffne die Tür. Fatima, ihre jüngere Schwester Nora und Suad treten in den Hof.

»Ist Onkel Ali da?«, fragt meine Schwester.

»Nein.«

Suad und Nora legen sofort ihre Niqabs ab und machen es sich im Wohnzimmer bequem, während Fatima und ich die Stufen zum Dach hinaufsteigen.

Oben angekommen, lässt Fatima den Blick über die Tauben schweifen. Ihr Gesicht ist vom Niqab verhüllt, doch ihre Augen sprechen Bände – wach und neugierig.

»Du hast mir einmal versprochen, mir deine Tauben zu zeigen«, sagt sie fast vorwurfsvoll.

»Schau, das sind die ersten sechs in meinem Schwarm: Schneeweiß, Himmelblau, Regenbogen, Tänzer, Karamelle und Goliath.«

Schneeweiß, in strahlendem Weiß, sitzt im Taubenschlag. Karamelle, mit gemusterten Federn und gelben Strichen auf den Flügeln, putzt sich auf dem Zaun.

»Die älteste Dame ist Regenbogen.« Ihr Gefieder ist ein Kaleidoskop aus Braun, Schwarz, Gelb, Rot und Weiß.

»Sie lässt sich berühren, ohne dass sie erschrocken auffliegt. Sie gehört wie Schneeweiß und Karamelle zu den Farbentauben.«

»Sie sieht wirklich aus wie ein Regenbogen.«

»Das hier ist Goliath.« Ich zeige auf den schwarzen Täuber mit seinem langen Hals, den roten Augenringen und der markanten Warze auf dem Schnabel.

»Er sieht aus wie aus einem düsteren Märchen«, meint Fatima. Recht hat sie.

»Goliath ist der Einzige, der ständig schmutzig ist. Er kehrt von seinen Streifzügen auf Nachbardächern oft staubig zurück, weil er sich zwischen alten, zerbrochenen Möbeln versteckt. Er ist Karamelles Gefährte.«

Fatima lacht. »Das passt irgendwie nicht. Karamelle sieht schön und zierlich aus, er wirkt schmutzig und riesig.«

»Ich dachte das auch. Aber dann paarten sie sich.«

Ich zeige auf Tänzer, der gerade bei Regenbogen sitzt. »Der hier ist ein Künstler der Lüfte. Er schlägt Purzelbäume und fliegt Figuren. Seine Rasse nennt man ›Tümmler‹.«

»Mit wem ist er zusammen?«

»Mit Regenbogen.«

»Ein schönes Paar.«

»Und der hier ist Himmelblau.« Der hellblaue Täuber sitzt neben Schneeweiß im Taubenschlag.

»Er ist wunderschön!«

»Er ist immer in der Nähe seiner Gefährtin – egal, wohin sie geht. Eigentlich will er nie mit dem Schwarm fliegen und sie allein zurücklassen, aber ich zwinge ihn dazu. Ich zeige es dir.«

Ich hole Schneeweiß aus dem Taubenschlag und halte sie hoch. Sofort flattert Himmelblau um meine Hand, aufgeregt, als wollte er sie beschützen. Ich lasse Schneeweiß frei, und sie springt auf den Zaun.

Himmelblau folgt ihr augenblicklich und setzt sich dicht neben sie.

Fatima staunt. »Ich wünschte, ich hätte auch so jemanden. Das ist Liebe!«

»Bist du etwa neidisch?«

»Ein bisschen«, antwortet sie mit einem Lächeln.

Ich erzähle ihr von dem Rest der Tauben und beobachte, wie ihre Neugier langsam verblasst. Sie wirkt, als wollte sie etwas sagen, doch sie zögert.

»Fatima, was ist los?«

»Meine Eltern haben meine Hochzeit arrangiert. Nächste Woche ist es so weit.«

»Das ist ein Scherz, oder?«

»Nein. Es ist ernst. Er ist Deutscher, arbeitet bei den Mudschahedin in der Kommunikationsabteilung.«

»Kennst du ihn?«

»Nur flüchtig. Er ist hübsch.«

»Aber Fatima, du bist erst fünfzehn!«

»Bald sechzehn«, sagt sie ruhig. »Aber das macht keinen Unterschied. Es ist entschieden.«

»Und was ist mit deinem Traum, Schauspielerin zu werden?«

»Noah, du bist ein Träumer. Deine Welt besteht aus Al Pacino und deinen Tauben. Aber ich? Ich kann mir keine Träume erlauben. Glaubst du, meine Eltern würden mir zuhören? Niemals. Der Befehl lautet: Heirate den Deutschen! Also werde ich den Deutschen heiraten.«

Ihre Stimme bleibt ganz ruhig. Ich sehe sie an – ihre Augen sind erfüllt von Resignation. Ich will etwas sagen, irgendetwas, das ihr diese Last nimmt.

»Ich wünsche dir alles Glück«, sage ich leise.

»Danke, Noah.« Sie lächelt. »Ich würde dich umarmen, wenn ich dürfte.«

»Soll ich zur Hochzeit kommen?«

»Lieber nicht. Wenn ich dich sehe, fange ich an zu weinen.«

Wir stehen nebeneinander und blicken in die Ferne, wo die anderen Schwärme ihre Kreise ziehen. Um uns herum sitzen meine Tauben. Ich frage mich, wohin Fatima gehören will. Der Himmel scheint ihr nicht offenzustehen.

## DIE PRINZESSIN UNTER DEM FEIGENBAUM

Damals bei den Großeltern: Fatima trug ein hellblaues Kleid, ihre Haare fielen in lockeren Zöpfen über die Schultern. Ihre Augen funkelten, wie immer, wenn sie etwas plante. »Weißt du noch, was deine Mutter gesagt hat?«, fragte sie und blieb stehen, der Anflug eines Lachens in ihrer Stimme.

Das Blut schoss mir in die Wangen. »Dass wir heiraten sollen?«

Sie lachte, hell und melodisch. »Genau! Und dann dieses ›Wenn Allah will‹. Aber ehrlich, das ist doch Unsinn, oder?«

»Vielleicht«, sagte ich. »Vielleicht auch nicht.«

»Feigling«, neckte sie und zog mich weiter. Hinter dem alten Feigenbaum, wo die Schatten dicht und geheimnisvoll waren, blieb sie stehen. Ihr Blick war herausfordernd. »Schließ die Augen«, befahl sie.

»Warum?«

»Mach einfach, wie in den Filmen!« Ihre Stimme klang ernst, doch ihre Mundwinkel zitterten, als könnten sie das Lächeln kaum zurückhalten.

Widerwillig gehorchte ich. Es raschelte, sie trat näher – und dann ein flüchtiger Druck auf meinen Lippen. Schnell, unsicher.

Ich riss die Augen auf. Sie stand da und schaute mich nur an. »Jetzt du«, sagte sie.

Ich küsste Fatima auf die Wange.

»Das zählt nicht«, sagte sie.

»Doch!«, rief ich und wich hastig zurück. »Außerdem ist es egal. Unsere Eltern wollen sowieso, dass wir heiraten.«

Fatima verdrehte die Augen, ihre Stimme wurde ernst. »Ich werde Schauspielerin. Und du? Du wirst … irgendwas, aber sicher kein Ehemann.«

»Und was willst du spielen? Prinzessin oder Hexe?«, fragte ich.

»Die Prinzessin, die zur Hexe wird, weil sie genug von dummen Prinzen wie dir hat.«

Wir lachten, bis die Luft zwischen uns wieder leichter wurde. Lange saßen wir unter dem Feigenbaum und schauten auf die Wellen des Flusses. Sie sprach von Filmen, von Bühnen, von der Welt jenseits des Horizonts.

Auf dem Heimweg legte sie ihre Hand auf meine Schulter. »Noah, wenn wir doch heiraten, musst du mich immer zum Lachen bringen. Versprochen?«

»Versprochen.«

## SCHWÄRME UND GEWEHRE

Mohamed hat sich nicht mehr blicken lassen. Dabei hatten wir uns versprochen, uns spätestens nach einer Woche wiederzusehen. Aber nichts. Auch kein Gruß über einen Verwandten, der bis zu mir gelangt wäre. Sollten wir nicht weiter Geschichte schreiben? Mit unseren Händen, mit unserer Entschlossenheit?

Im Imbiss ist eine stickige Hitze, die Luft klebt wie ein feuchtes Tuch auf meiner Haut. Nurullah hastet zwischen Herd und Kunden hin und her, Schweiß perlt auf seiner Stirn. Der kleine Ahmed sitzt auf einem Stuhl, schlenkert mit den Beinen. Ich winke ihn herbei.

»Hi, wie läuft's mit den Tauben?«, frage ich.

Ahmeds Gesicht hellt sich auf. »Super!«

Er scheint wirklich begeistert zu sein, doch bevor einer von uns das Thema weiter ausführen kann, schießen ganz andere Worte wie von selbst aus mir heraus. »Wo ist Mohamed?«

Ahmed zuckt mit den Schultern. »Im Ferienlager.« Er sagt es ganz beiläufig.

»Was?«

»Sie schießen dort mit echten Waffen«, sagt Ahmed, als wäre das völlig normal.

»Wollte er dorthin?«

»Vater hat ihn geschickt«, antwortet er. »Er soll ausgebildet werden.« Seine Gleichgültigkeit setzt sich wie Kälte in mir fest. »Am Donnerstag kommt er kurz nach Hause.«

Nachdem ich den Imbiss verlassen habe, bleibe ich vor einer Plakatwand stehen: Werbung für die »Ferienlager«. Die Kinder darauf lächeln zu breit, ihre Uniformen sitzen zu perfekt. Sie halten Pistolen und Gewehre wie Spielzeug in der Hand. Mohamed ist nun eines dieser Kinder?

Zurück zu Hause gehe ich gleich auf das Dach und setze mich zu meinen Tauben. Trotz ihrer Nähe bin ich zu aufgewühlt, um klar zu denken.

Mohamed in einem Ferienlager? Ich versuche, mir das auszumalen. Vielleicht hat es mit dem Chaos in seinem Elternhaus zu tun. Aber warum jetzt? Hätte sein Vater ihn nicht eher im Imbiss gebraucht?

Vielleicht übertreibe ich. Viele Jungs aus unserer Gegend gehen dorthin. Man muss nichts für die Teilnahme am Lager bezahlen, und letzte Woche erzählte mir jemand, dass das Ganze viel Spaß mache. Die Ausbilder seien freundlich.

Meine Gedanken drehen sich im Kreis, immer schneller. Mohamed, Waffen, unsere Plakataktion. Alles verschwimmt. Ich streiche mir über die Stirn, versuche, klar zu denken.

Nur noch zwei Tage. Dann ist Mohamed zurück.

Ich lasse meinen Schwarm aufsteigen. Ich stelle mir vor, wie es wäre, die Welt von dort oben zu sehen. Ich schließe die Augen. Ich bin eine Taube. Fliege mit dem Schwarm. Weg von hier. Ich lasse alles zurück. Der Himmel ist endlos, wir sind leicht.

## EIN ORT
## VOLLER FLÜGEL

Am nächsten Morgen ruft Onkel Ali nach mir, er steht unten im Hof. »Könntest du mir im Café helfen? Wir müssen ein paar Dinge aufräumen und die Wände streichen.«

Ich schaue vom Dach hinunter. »Natürlich.«

Eine willkommene Ablenkung. Onkel Ali ist wie frische Luft – nach all dem Staub in meinem Kopf.

Das Café »Das Halsband der Taube« liegt am Anfang der Hauptstraße. Wir treten ein, und Onkel Ali schließt die Tür hinter uns. Ein schlichter Laden mit einem Hauptraum und einem kleinen Hinterzimmer, das als Büro des Taubenzüchtervereins dient.

Im Büro herrscht ein einziges Chaos: Regale voller Aktenordner, verstreute Papiere und Kartons. An den Wänden hängen zwei Gemälde – Abbas ibn Firnas, der arabische Flugpionier, und Ikarus, die Figur aus der griechischen Mythologie. Beide wollten zu viel vom Fliegen – beide stürzten ab. Dazwischen ein Foto von »Cher Ami«, der Heldentaube, die im Ersten Weltkrieg das Leben vieler Soldaten rettete. Ein weiteres Bild zeigt »Martha«, das letzte Exemplar der Wandertaube, einer ausgestorbenen Taubenart.

Von außen wirkt das Café unscheinbar, doch die Wände erzählen Geschichten. Überall hängen Fotos von Tauben, jede mit einer Beschreibung ihrer Herkunft und Rasse. Alles ist ein bisschen vergilbt vom Rauch, die einst weißen Fliesen sind längst grau. Das Getränkeangebot war bescheiden: Chai, Kaffee, Leitungswasser.

Der Verein wurde vor Jahren von Onkel Ali und Ayoub gegründet. Wer Mitglied werden wollte, musste mindestens zwanzig Tauben besitzen. Doch es ging nicht nur um Zahlen, es ging auch um Regeln und Frieden. In früheren Zeiten hatte es Schlägereien und sogar Schießereien wegen Tauben gegeben. Doch der Verein schuf Ordnung – bis die Mudschahedin kamen. Jetzt ist das Café verlassen, der Verein nicht mehr aktiv.

Onkel Ali zieht die Vorhänge zu, zündet eine Zigarette an.

»Woher hast du die?«, frage ich. »Die sollen teurer als Alkohol sein.«

Er lacht. »Eine Stange lag noch im Büro. Gehört Ayoub.«

»Können wir ein paar für Papa mitnehmen?«, frage ich. »Er leidet ohne.«

Onkel Ali lacht wieder. »Natürlich. Aber ich bin sicher, er hat schon seine eigene Quelle.«

»Das vermuten wir auch. In letzter Zeit verbringt er auffällig viel Zeit auf dem Klo. Und wenn er rauskommt, riecht das ganze Badezimmer nach Rauch.«

»Jeder hat seine Tricks.«

»Was machen wir heute hier?«, frage ich.

»Wir nehmen die Bilder von den Wänden und räumen alle Sachen aus der Theke in diese Kisten hier. Danach bringen wir die Tische und Stühle ins Büro. Zum Schluss streichen wir die Wände.«

»Was möchtest du aus dem Café machen?«

»Ich denke mir was aus.«

Als wir ein paar Stunden später die Wände streichen, fragt Onkel Ali, während die Pinselstriche gleichmäßig rauschen: »Erinnerst du dich an Salim?«

»Wie könnte ich den vergessen?«

»Das waren Zeiten«, sagt er.

Salim, genannt »Bulldozer«, war Baumeister und Taubenzüchter – gefürchtet wegen seines Jähzorns. Eines Tages schrie er lauthals im Verein: »Wenn ich eine Taube fange, dann gehört sie mir!«

Ayoub mahnte ihn ruhig, sich an die Regeln zu halten.

Salim hatte eine Taube eines anderen Vereinsmitglieds gefangen, sich in sie verliebt – und weigerte sich, sie zurückzugeben.

Er lachte nur: »Euer Verein kann mich mal!«

Onkel Ali, Ayoub und sechs andere Züchter schmiedeten einen Plan. Mit Kisten voller Tauben zogen sie am Nachmittag zu Salims Haus. Sie warteten, bis er seine Jungtauben fliegen ließ, und ließen dann auch ihre Schwärme aufsteigen. Der Himmel füllte sich mit Flügeln und Farben, ein chaotisches Durcheinander. Salim verlor sechs Tauben. Vier luchsten ihm die anderen Züchter ab. Zwei verirrten sich und fanden nie zurück. Die gefangenen Vögel bekam er erst zurück, nachdem er im Verein auf den Koran geschworen hatte, nie wieder gegen die Regeln zu verstoßen.

Als der Raum fertig gestrichen ist, stinkt alles nach Farbe. Onkel Ali reicht mir zwei Zigaretten, sorgfältig in ein Taschentuch gewickelt. »Für deinen Vater«, sagt er mit einem Augenzwinkern.

»Kommst du mit?«, frage ich.

»Ich bleibe noch«, antwortet er, ohne aufzusehen.

Ich gehe nach Hause. Mein Herz lasse ich im Café zurück. Bei den Geschichten, den Tauben und der Vergangenheit.

## JENSEITS DER FREUNDSCHAFT

Es ist Donnerstag. Der Abend zieht sich, bis ein Klopfen an der Haustür ertönt. Mohamed steht da. Ich umarme ihn, erleichtert, ihn zu sehen. Doch irgendetwas an ihm ist anders. Sein Gewand reicht knapp über die Knie, darunter trägt er eine lange Hose. Er lächelt, doch sein Auftreten wirkt fremd, ungewohnt.

»Was hast du da an? Mudschahedin-Kleidung?«

Er lacht leichthin. »Lass uns spazieren gehen.«

Wir schlendern durch die Straßen, und ich kann die Frage nicht zurückhalten: »Erzähl mir von dem Ferienlager. Wie ist es dort?«

»Es ist unglaublich«, beginnt er. »Wir lernen reiten, kämpfen, mit echten Waffen schießen. Abends schauen wir Filme.«

»Kinofilme?«, hake ich nach.

»Dokus über die Kriege in Afghanistan, Somalia, Tschetschenien. Man sieht, wie die Ungläubigen unsere Brüder massakrieren. Gefängnisse wie Abu Ghuraib und Guantanamo – Folter, Erniedrigung. Sie hassen uns. Menschenrechte gelten nur für ihre eigenen Leute. Wir sind für sie Ameisen, die man zertreten kann.«

Seine Worte klingen wie auswendig gelernt, doch in seinen Augen sehe ich Entschlossenheit.

»Und gefällt es dir?«

»Sehr. Ich habe neue Freunde gefunden. Wir sind wie eine Familie. Jeder kümmert sich um den anderen.«

Ich schlucke. »Wie lange bleibst du zu Besuch?«

»Nur bis morgen. Dann gehe ich zurück. Aber in zwei Wochen komme ich wieder heim.«

Ich bin verunsichert. Wir schweigen, bis Mohamed die Stille unterbricht.

»Du solltest mitkommen. Du wirst es lieben. Die Leute dort sind inspirierend. Und ich habe jemanden getroffen. Du errätst nie, wen.«

»Wen?«, frage ich.

»Shirzad. Er ist zum Islam konvertiert. Jetzt ist er Soldat in der Jugendarmee des Kalifats.«

»Shirzad?«

»Ja. Er war im Ferienlager zu Besuch, hat uns mit seinen Kollegen gezeigt, wie man schießt. Er sieht gut aus – stark, muskulös. Er hat uns beeindruckt.«

»Hast du mit ihm gesprochen?«

»Kurz. Er will mit seinem Befehlshaber reden, damit wir mehr Zeit miteinander verbringen können.«

»Und seine Familie?«

»Wir hatten keine Zeit, um darüber zu reden.«

Ich halte einen Moment lang inne, dann sage ich: »Aber du weißt doch, was sie mit Familien wie der von Shirzad machen, oder?«

Mohamed schaut mich an, schweigt. Sein Blick ist ruhig, fast abwesend, als wollte er gar nicht hören, was ich gerade gesagt habe.

»Warum sagst du nichts?«

»Ich muss los. Gleich ist das Abendgebet. Gott sei mit dir!«

»Bis bald.«

Mohamed dreht sich um und geht.

Ich bleibe stehen und sehe ihm nach. Kurz frage ich mich, ob das eben Gehörte ein Scherz war. Doch als Mohameds Gestalt in der Dunkelheit verschwindet, spüre ich die Wahrheit wie einen kalten Schlag.

## DIE NACHT BLEIBT WACH

Ich liege auf dem Sofa. Vater murmelt Zahlen vor sich hin, versunken in seine Rechnungen. Seine Augen sind schwer, und ich weiß, er wird bald einschlafen. In meinem Inneren kommt dagegen nichts zur Ruhe. Mohameds neue Kleidung, seine Worte – sie schleichen sich als Schatten in meinen Kopf. Zwei von uns dreien aus der Al-Pacino-Bande sind jetzt Mudschahedin. Ich begreife es nicht. Nicht wirklich.

Mohamed war nie besonders religiös. Früher nannten wir ihn »unser Chamäleon« – ständig probierte er neue Rollen aus, jede Verwandlung wirkte wie ein Spiel. Erst wollte er Imam werden, hatte kurz eine religiöse Phase, dann Geheimdienstler – wir scherzten: »Imame sind die Geheimagenten des Himmels auf Erden.« Später wollte er Schauspieler werden, und schließlich schwärmte er von Che Guevara, nachdem er einen Film über ihn gesehen hatte. Doch diese neue Rolle, als Mudschahed, fühlt sich anders an – intensiver, gefährlicher. Ich hoffe, es ist nur eine weitere Phase.

Wie haben sie ihn so verändert? Was haben sie ihm gezeigt, gesagt, versprochen? Bei dem Gedanken, dass Worte und Bilder reichen könnten, um ihn so umzukrempeln, spüre ich eine innere Beklemmung. Diese Leute müssen eine Gabe haben, Menschen in ihren Bann zu ziehen. Oder täusche ich mich? Was, wenn sie wirklich so »gerecht« sind, wie Mohamed behauptet?

Vaters Schnarchen wird lauter, mein Kopf schwirrt. Ich halte es nicht mehr aus. Ich ziehe mir die Sandalen an und schleiche hinaus in die kühle Nacht. Der Himmel ist klar, voller Sterne, die wie glitzernde Früchte über mir hängen. Ich gehe rüber zu meinem Onkel.

Durch das offene Fenster dringt das Summen des Ventilators, das Licht brennt noch. Ich klopfe an seine Wohnzimmertür. »Onkel, ich bin's.«

»Komm rein«, höre ich ihn sagen.

Er sitzt auf dem Sofa, ein dickes Buch in der Hand, das er beiseitelegt, als ich eintrete. »Was ist los? Warum bist du noch wach?«

»Ich kann nicht schlafen.«

»Ist etwas passiert?«

»Ja.«

»Erzähl's mir.«

Ich setze mich und lasse alles raus: Mohameds Veränderung, seine Begeisterung für die Mudschahedin, Shirzads Auftauchen im Ferienlager. Mein Onkel hört geduldig zu, ohne mich zu unterbrechen. Als ich fertig bin, steht er auf, geht zum Bücherregal und schiebt einen dicken Band zur Seite, um eine Zigarette hervorzuholen.

»Jetzt weiß ich wo du deine Zigaretten versteckst.«

»Erzähl das nicht deinem Vater, sonst nimmt er mir alles weg.«

Er setzt sich wieder, zündet die Zigarette an und atmet langsam aus. Der Rauch kringelt sich vor uns, während Onkel Ali nachzudenken scheint.

»Das überrascht mich nicht«, sagt er. »Die Mudschahedin

verstehen es, junge Menschen für sich einzunehmen. Sie bieten Gemeinschaft, klare Rollen, viele können dem nicht widerstehen.«

»Aber Mohamed hat doch uns.«

»Vielleicht fühlt er sich dennoch unvollständig. Sie inszenieren sich als Helden und Opfer zugleich – eine mächtige Kombination, die Leuten wie Mohamed das Gefühl gibt, gebraucht zu werden.«

»Also spielen sie mit seinen Gefühlen?«

»Nein. Sie spielen nicht. Sie glauben an das, was sie tun. Sie geben ihm etwas, was er offenbar vermisst hat: Zugehörigkeit, vielleicht sogar Bedeutung. Das macht sie gefährlich – und faszinierend.«

Er drückt die Zigarette aus und sieht mich an. »Mach dir jedenfalls keine Vorwürfe. Manchmal müssen Menschen ihre eigenen Wege finden, auch wenn sie Umwege nehmen.«

Ich habe zwar die Worte meines Onkels nur halb verstanden, nicke aber. »Danke, Onkel. Ich glaube, ich versuche jetzt zu schlafen.«

»Gute Nacht, Noah.«

Ich gehe zurück nach Hause, schlüpfe ins Bett und schließe die Augen, doch die Dunkelheit bringt keinen Frieden. Die Nacht bleibt wach, und ich bleibe es mit ihr.

## SCHMUGGELTAUBE

Seit Mohamed das letzte Mal hier war, in seiner neuen, befremdlichen Aufmachung, sind einige Tage vergangen. Die anfängliche Verwirrung hat sich dank Onkel Ali etwas gelegt. Er ist oft in meiner Nähe, als wüsste er, wie sehr mich die Einsamkeit bedrückt. Die Tauben sind mir wie immer ein Trost. Ohne sie, denke ich, wäre ich verloren. Sie sind das einzige Beständige in einer Welt, die sich um mich herum gerade so rasant wandelt.

Schneeweiß' Schwungfedern wachsen langsam nach. Wilde und Fauler Sack sind inzwischen ein Paar. Die Zwangsheirat ist beim zweiten Versuch geglückt. Ihre erste gemeinsame Nacht war allerdings ein Fiasko: Am Morgen fehlten Fauler Sack einige Federn, blanke Haut schimmerte hervor. Wilde hatte ihn gründlich bearbeitet. Doch jetzt ist sie überraschend sanft. Sie füttert ihn, pflegt sein Gefieder, kuschelt sich an ihn. Ein friedliches Bild in einer unruhigen Zeit.

Alle Tauben meines Schwarms haben einen Partner gefunden – bis auf die Mövchentaube, die zudem noch namenlos ist. Ihre Zeit wird kommen. Wenn ich nicht bald einen Täuber für sie fange, kaufe ich ihr einen auf dem Vogelbasar.

Als ich Onkels Haustür öffne, höre ich aus der Küche das Klappern von Töpfen. Er ist noch zu Hause, offenbar macht er Kaffee. Die Sonne scheint, und die drückende Luft des Vortages ist einer kühlen Morgenfrische gewichen. Ich gehe die Treppe hoch, öffne den Taubenschlag, und die Vögel stürzen hinaus – alle bis auf eine silberne Warzentaube. Sie gehört nicht zu meinem Schwarm. Zusammengekauert liegt sie in einer Ecke, ihr rechter Flügel ist mit einer Sicherheitsnadel fixiert. Keine Jungtaube – sie ist ausgewachsen. Jemand muss sie hierhergebracht haben. Natürlich Onkel Ali. Schon vor einer Woche hatte er zwei fremde Tauben mitgebracht und behauptet, sie seien für einen Wettbewerb.

Mit der Taube in der Hand gehe ich runter zu Onkel Ali, der sich gerade im Schlafzimmer anzieht.

»Onkel, was hat es mit dieser Warzentaube auf sich?«

»Die? Die gehört einem Bekannten.«

»Wettbewerbssache?«

»Nicht nur. Sie dient auch einem kleinen Schmuggel.«

»Schmuggel?«

Ein Lächeln huscht über sein Gesicht. »Nur zwei Zigaretten als Geschenk.«

»Ach so.«

»Gib sie mir. Ich befestige die Zigaretten und lasse die Taube fliegen.«

Auf dem Dach scheuche ich meinen Schwarm in die Luft. Onkel Ali lässt die silberne Taube frei. Ihre Flugbahn ist präzise und sicher. Sie weiß genau, wohin sie muss.

## ONKELS HERZ

Später sitze ich allein im Wohnzimmer meines Onkels. Die Bücher im Regal wirken kahl, die bunten Umschläge fehlen. Meine Mutter hat sie entfernt und verbrannt: alles, was Frauen zeigte oder verbotene Szenen enthielt. Nur ein gerahmtes Gedicht durfte bleiben – kunstvoll geschriebene Verse von Ibn Arabi.

*Mein Herz ist fähig geworden,*
*alle Formen anzunehmen:*
*Es ist Weide für die Gazellen*
*und Kloster für die Christen,*
*es ist Tempel für die Götter, …*
*die Tafeln der Thora und das Buch des Koran.*
*Meine Religion ist die Liebe!*
*Ganz gleich, wohin die Karawane der Liebe zieht,*
*ihr Weg ist der Weg meines Glaubens.*

Ob diese Worte im Kalifat erlaubt sind, weiß niemand. Onkel Ali jedoch hat entschieden, sie hängen zu lassen, trotz der Warnungen meiner Mutter. »Eine Religion der Liebe gibt es nicht«, sagte sie einmal und mied Onkel Alis Wohnzimmer fortan, als wäre das Gedicht ein Indiz für etwas Verbotenes.

Onkel Ali ist mir in letzter Zeit ein Rätsel. Seine Abende verbringt er am Tisch, er schreibt wie besessen. Tagsüber ist er oft unterwegs und kommt erst spät zurück. Was er tut, bleibt unklar. Sein Café »Das Halsband der Taube« ist geschlossen, offiziell hat er keine feste Arbeit mehr. Was macht er mit den Schmuggeltauben? Kein Wettbewerb findet im Kalifat statt, und ich kann mir kaum vorstellen, dass die Ordnungspolizei so etwas in Ordnung fände.

Onkel Ali ist unberechenbar. Sogar mein Vater sagt oft: »Alis Kopf ist wie ein Pulverfass.« Onkels Vergangenheit ist ein Flickenteppich aus Kämpfen, Verlusten und Auflehnung. Als Student erlebte er den ersten Krieg, im zweiten diente er als Soldat, und danach unterrichtete er Geschichte am Gymnasium. Er heiratete eine Kollegin, ließ sich scheiden, als sie nach Schweden wollte – und schwor, nie wieder zu heiraten. Den dritten Krieg überstand er mit einer Kugel in der Schulter.

Als die Amerikaner sich im Land einrichteten, demonstrierte er für ihren Abzug. Er wurde verhaftet und war monatelang als »Terrorist« inhaftiert. Nach seiner Entlassung verlor er seine Lehrerlaubnis – und eröffnete das Café, das nun stillgelegt ist.

Ich denke, ein Mensch wie Onkel Ali akzeptiert nicht einfach, dass ihm seine Freiheit genommen wird. Doch was kann er schon gegen eine Armee von Soldaten ausrichten, die fest daran glauben, dass der Tod eine göttliche Ehre ist? Ich erinnere mich, dass er einmal zu Ayoub und mir scherzhaft sagte: »Ich war für die Diktatur ein Unruhestifter, für die Amerikaner ein Terrorist – und für die Islamisten wäre ich ein Verbrecher ersten Grades, wenn sie wüssten, was ich denke.« Dann lachte er sein unverwechselbares Lachen.

Ich muss herausfinden, was er treibt. Meine detektivische Arbeit beginnt jetzt, indem ich das ganze Haus durchsuche. Vor allem muss ich seine Notizen finden.

Ich stehe vor den Bücherregalen. Dass er irgendwo dahinter Zigaretten versteckt hat, weiß ich. Als ich ein Buch herausziehe, fällt plötzlich ein Kondom zu Boden. Schnell stecke ich es zurück und stelle das Buch wieder an seinen Platz. Ich suche weiter, blättere durch die Bücher – in fast jedem vierten steckt ein Kondom, als wäre es ein Lesezeichen. Ich muss lachen. Mit wem benutzt er sie? Ich habe nie eine Frau hier gesehen. Wer weiß? Onkel Ali scheint vieles zu verheimlichen. Ich suche weiter. Aber seine Notizen sind wie vom Erdboden verschluckt. Vermutlich nimmt er sie mit in sein Vereinsbüro.

## MIT EINER FRAU IM KALIFAT

Am Nachmittag will ich zu den Tauben gehen, doch die Stimme meiner Mutter hält mich zurück.

»Begleite mich zur Apotheke und zum Lebensmittelgeschäft!«

»Kann Suad nicht mit?«

»Nein, sie ist mit Karima verabredet.«

Ein Seufzen entweicht mir, doch ich antworte: »Ja, Mama.«

Wieder einmal bin ich der Begleiter. Einkäufe, Besuche, Spaziergänge, immer das Gleiche. Keine Frau darf allein hinaus, nur in Begleitung einer anderen Frau oder eines Mannes. Bald, sage ich mir, wird es leichter für mich: Suad wird zu Walid ziehen, wenn er endlich aus der Haft entlassen ist. Und dann bleibt nur Mutter, genügsam und selten draußen.

Einmal habe ich Suad begleitet. Wir gelangten gerade an eine Kreuzung, als ein Wagen der Religionspolizei anhielt. Ein bärtiger Mann starrte Suad durchdringend an: »Tausch den Niqab aus – zu durchsichtig.« Nachdem das Auto weitergefahren war, sackte Suad in sich zusammen. Ihre Hand lag wie ein Anker auf ihrer Brust, ihr Gesicht war leichenblass. Seither gehe ich nicht mehr so gern als Begleitung mit.

Heute bin ich also mit Mutter unterwegs. Die Hauptstraße ist belebt, voller Stimmen, Kinderlachen. Wenn Mutter etwas sagt, spricht sie mit leiser Stimme, es ist kaum mehr als ein Flüstern. Vater sagte einmal: »Draußen wirkt sie, als käme sie aus Flüsterland, aber zu Hause kommt sie eher aus Lautland.«

Eine Frau hält bei uns und grüßt meine Mutter. Sie bleiben kurz stehen, unterhalten sich. Ich staune jedes Mal, wie Frauen sich trotz Niqab erkennen. Ist es ihr Gang? Wären Parfüms erlaubt, wäre es vielleicht der Duft. Aber vermutlich bin ich selbst der offensichtliche Hinweis – der Sohn, der seine Mutter begleitet und sie für andere sichtbar macht.

Mutter betritt die Apotheke, und ich warte draußen. Mein Blick schweift zur »Kirche der Heiligen Mutter«, einst ein Gotteshaus, jetzt ein Büro der Finanzbehörde. Der Turm fehlt, und mit ihm ein Stück Orientierung. Ich stelle mir vor, wie die Tauben dort kreisen, suchend, ihren vertrauten Turm nicht finden.

Als Mutter ihre Besorgungen erledigt hat, machen wir uns auf den Rückweg. Doch dann durchdringt ein Schrei die Luft. Eine unverschleierte Frau rennt zwischen den Autos hindurch, ihr weißes Kleid zerrissen, flatternd wie ein Warnsignal. Zwei Männer in Uniform jagen ihr nach, ihre Waffen hängen über den Schultern.

Mutter packt meine Hand und zieht mich hinter eine Säule. Einer der Männer erreicht die Frau. Mit einem Schlagstock schlägt er auf sie ein, trifft auch ihren Kopf. Sie stürzt, ihr Gesicht schlägt auf den Asphalt. Blut rinnt über ihre Stirn.

Nur wenige Meter trennen uns von ihr, doch wir bleiben reglos, verborgen im Schatten. Mein Herz hämmert wild, meine Gedanken sind wie gelähmt. Mutters Hand zittert, ihre Augen sind starr auf die Frau gerichtet. Sie sagt nichts.

Der Mann schleift die Frau zum Bürgersteig zurück, als wäre sie nicht mehr als ein Gegenstand. Sein Kollege hält die Autos und Passanten zurück.

»Komm«, flüstert Mutter heiser. »Lass uns weitergehen.«

Ich folge ihr widerwillig. Ihre Schritte werden schneller, als wollte sie die Szene abschütteln, doch ich drehe mich noch einmal um. Ich sehe die Frau. Reglos, blutend.

Zu Hause angekommen, erhebt Mutter zum ersten Mal an diesem Tag ihre Stimme: »Keiner verlässt mehr das Haus!« Ihre Worte sind scharf und endgültig.

## DER PROPHET UND DER DÄMON

Es ist Abend. Ich sitze in der Küche, als die Stimme meines Onkels über die Hofmauer dringt.

»Noah! Noah!«

Ich springe auf. »Ja, Onkel?«

»Ayoub ist zu Besuch. Wenn du willst, komm rüber, verbring etwas Zeit mit uns.«

»Ich komme gleich!«, rufe ich zurück.

Ayoub, Vater von drei Kindern, arbeitet mit seiner Frau in einer Apotheke auf der anderen Seite des Flusses. Doch seit Kurzem führt er den Laden allein, da seine Frau, wie alle Frauen derzeit, nicht mehr arbeiten darf. Ayoub genießt großen Respekt als Taubenzüchter. Sein imposantes dreistöckiges Haus, das fast die Wolken berührt, beherbergt mindestens hundert Tauben in einem riesigen Schlag. Er ist der Einzige im Viertel, der regelmäßig mehrere Tauben pro Woche fängt. Wenn ich ihn nach seinem Geheimnis frage, antwortet er stets, es sei reines Glück. Doch ich glaube ihm nicht – besonders weil ich, trotz stundenlangem Warten auf dem Dach, selten eine Taube fange. Vermutlich verschafft ihm die Höhe seines Hauses einen entscheidenden Vorteil.

Als ich Onkels Wohnzimmer betrete, sitzen Ayoub und Onkel Ali bereits auf dem Sofa. Auf dem Tisch vor ihnen stehen eine halb leere Wodkaflasche, eine Packung Orangensaft und eine Schale mit Erdnüssen, Mandeln und Pistazien. Ayoub wirkt entspannt, seine Bewegungen sind locker, sein Lächeln ist breit.

»Oh, woher kommt der Wodka?«, frage ich.

»Die letzte Flasche, die ich retten konnte«, sagt Ayoub grinsend. »Ich habe schon ordentlich davon genossen!«

»Hol dir ein Glas und trink Saft. Wir würden dir Pepsi oder Fanta anbieten, aber das sind die imperialistischen Getränke der Ungläubigen«, sagt Onkel Ali und klopft sich lachend auf den Oberschenkel.

Es ist offensichtlich, dass die beiden schon einiges getrunken haben. Ich gehe in die Küche, hole ein Glas und setze mich auf einen Sessel. Ayoub gießt mir Orangensaft ein und zwinkert mir zu.

»Hör dir an, was dein Onkel zu sagen hat. Er hat eine interessante Theorie entwickelt.«

Ich werfe Onkel Ali einen skeptischen Blick zu. Seine Ideen sind oft absurd, klug, aber abgedreht. Besonders nach ein paar Gläsern. »Ich bin gespannt«, sage ich.

Onkel Ali nimmt einen Schluck Wodka: »Ich glaube, der Prophet Mohammed hat Mekka nie verlassen. Der Prophet, der in Medina lebte, war ein anderer.«

Ayoub lacht laut. »Jetzt geht's los!«

»Hört zu«, sagt Onkel Ali und hebt die Hand. »Als der Prophet die Himmelfahrt machte, veränderte sich alles.«

»Moment – Himmelfahrt?«, frage ich.

»Ja, der Prophet stieg auf in den Himmel, auf einem Tier, Buraq, halb Pferd, halb Vogel. Die Nacht heißt *Lailat al-Miraj*.«

»Ach so, die im Ramadan. Ich erinnere mich.«

»Seine Seele stieg in den Himmel auf, doch sie kehrte nie zurück. Ein Dämon übernahm seinen Körper, während die Engel im Himmel feierten und unachtsam wurden. Seitdem ist die Seele des wahren Propheten im Barzach, gefangen zwischen Jenseits und Diesseits. Der Prophet, den wir aus Medina kennen, war dieser Dämon.«

Ich kann mir ein Grinsen nicht verkneifen, doch Onkel Ali bleibt ernst. Er nimmt einen weiteren Schluck und fährt fort:

»Die Mekka-Suren im Koran sind die Beweise. Sie handeln von Glauben, Gerechtigkeit und Moral. Sie sprechen von einem Gott, der alle Menschen gleich liebt. Die Medina-Suren dagegen sind voller Machtansprüche, Regeln und Drohungen. Sie stammen von einem anderen Geist – von jemandem, der die Menschen kontrollieren wollte.«

Onkel Ali greift nach ein paar Erdnüssen und sieht mich an. »Der wahre Islam entstand in Mekka. Alles, was in Medina geschah, war das Werk des Dämons. Diese Milizen, die nun die Macht über uns haben, folgen dem Dämon aus Medina, aber nicht dem Propheten aus Mekka.«

»Das klingt nach einer krassen Theorie, Onkel«, sage ich. »Wenn du das laut sagen würdest, würden sie dich kreuzigen.«

Er lacht trocken. »Vielleicht. Aber ich bin ein mekkanischer Muslim. Ich gehöre zur wahren Religion. Der Islam aus Mekka ist rein, frei von Machtspielen, die wahre Religion, sogar eine der ersten humanistischen Ideen der Menschheit.«

Ich starre ihn verblüfft an.

»Wie praktizieren die mekkanischen Muslime ihren Glauben? Gibt es Gebete, Fastenzeiten oder Moscheen?«, fragt Ayoub interessiert.

»Der mekkanische Islam kennt keine festen Rituale. Es geht um den Glauben an einen einzigen Gott und um persönliche Gespräche mit ihm. Keine Vorschriften, keine Zwänge. Jeder ist vor Gott gleich, Männer und Frauen. In Mekka trank der Prophet sogar Alkohol. Auch die Moscheen entstanden erst in Medina, nicht in Mekka.«

Ayoub lächelt. »Das klingt fast zu schön, um wahr zu sein.«

»Ich wäre nur vor der Auswanderung nach Medina glücklich geworden. Stell dir eine Religion ohne Milizen, ohne sinnlose Verbote vor. Ich lebe zur falschen Zeit.«

Ayoub nimmt einen Schluck Wodka. »Aber sag mir: Ist das nur deine Idee, oder hast du das irgendwo gelesen?«

Onkel Ali lächelt verschmitzt. »Das ist ein Teil meines eigenen Werkes. Ein kleines Manifest, das niemand lesen wird.«

Ayoub gähnt, und die Diskussion endet. Onkel Ali gießt sich den letzten Tropfen Wodka ein und prostet uns zu. Während ich durch die leere Glasflasche schaue, wird mir klar: Die Geheimnisse, die ich in Onkels Haus suchte, sind in seinem Kopf verborgen, ein Chaos aus Ideen, das mich beunruhigt und fasziniert.

## VERÄNDERUNGEN IM SCHATTEN DER FAMILIE

Meine Mutter hat darauf bestanden, dass wir Tante Halima und Fatima in ihrem neuen Zuhause besuchen. Fatimas deutscher Ehemann erwartet uns ebenfalls. Die Verabredung steht seit Tagen fest, und meine Mutter ist entschlossen, ihr Versprechen einzuhalten. Während die Frauen sich mit Fatima zusammensetzen werden, wird mir keine andere Wahl bleiben, als die Zeit mit den Männern zu verbringen. Der Gedanke daran lässt meine Laune sinken. Besonders wenig Lust habe ich darauf, mit dem deutschen Mudschahed über irgendetwas zu sprechen, obwohl ich neugierig bin, mehr über ihn zu erfahren. Mein größter Wunsch ist allerdings, Josef al-Hariri nicht zu begegnen, dem Mann meiner Tante Halima. Ich kann diesen Mann nicht ausstehen.

Tante Halima ist in letzter Zeit auch immer unangenehmer geworden. Sie scheint nun davon überzeugt, von Gott dazu auserwählt worden zu sein, die Welt zu verändern. Ihre Methode? Die islamische Ordnung auf alles und jeden anwenden. Selbst Nora, ihre kleine Tochter, muss bereits einen Niqab tragen, obwohl sie nicht einmal neun Jahre alt ist. Sie schickt sie zur Koranschule und in eine Einrichtung für Mädchen, wo diese angeblich »kämpferisch« ausgebildet werden.

Mein Vater sagte einmal: »Halima kann vor einer Leiche stehen und dabei Sonnenblumenkerne knabbern. Schon als junges Mädchen zeigte sie kaum Emotionen, als wäre sie nie wirklich anwesend.« Mutter war darüber alles andere als begeistert. Sie hielt die Aussage für ungerecht. »Halima hat nur keine Geduld für Dinge, die sie für unwichtig hält.«

Meine Mutter wirbelt durch das Haus. Sie packt ein Geschenk ein – eine Vase mit filigranen Mustern. Sie ruft nach Suad.

»Wie findest du das Geschenk? Eine schöne Blumenvase, nicht wahr?«

Suad schaut sich die Vase an. »Fatima wird sie lieben. Die Muster sind wirklich toll.«

»Ich habe auch ein Geschenk für ihren Mann«, werfe ich dazwischen.

Mutter und Suad sehen mich verblüfft an. »Du hast an ein Geschenk gedacht? Was ist es?«, fragt Mutter.

»Ein Schwert. Damit er die Ungläubigen köpfen kann.«

Mutter verzieht keine Miene, doch Suad verdreht die Augen und unterdrückt ein Grinsen.

»Noah!«, sagt Mutter scharf. »Ich schwöre bei Gott: Wenn du dich vor diesen Leuten schlecht benimmst, dann ziehe ich meine Sandalen aus und haue dir damit auf deinen hohlen Kopf.«

Ihre Stimme ist streng, aber ich sehe auch bei ihr das Lächeln, das sie verbirgt. Suad kann es nun nicht mehr unterdrücken.

Ich hebe abwehrend die Hände und sage: »Ich verspreche, mich wie ein Gentleman zu benehmen.«

## DER DEUTSCHE AUS MÜLHEIM AN DER RUHR

Die Taxifahrt dauert fast eine halbe Stunde. Wir erreichen ein vornehmes Viertel, das am Stadtrand liegt, den restlichen Weg gehen wir zu Fuß, es sind nur wenige Meter. Hier lebt also Fatima mit ihrem Ehemann. Ihre prächtige Villa liegt direkt am Flussufer, umgeben von sauberen, breiten Straßen, die von Palmen gesäumt sind. Eine abgeschottete, perfekte Welt, weit entfernt von der Hektik der Stadt.

»Ich war noch nie hier«, flüstert Suad meiner Mutter zu.

»Früher lebten hier wohlhabende Leute und Regierungsbeamte«, antwortet Mutter.

»Jetzt wohnen hier Gotteskrieger«, murmele ich.

Mutter bleibt stehen, sieht mich streng an. Ihre Augen blitzen hinter dem Niqab.

»Noah, ich will, dass du dich heute zusammenreißt. Wenigstens für Fatima. Ihr seid doch Freunde. Versprich mir das.«

»Versprochen, Mama. Es war nur ein Scherz.«

»Dann lass das Scherzen heute ganz bleiben.«

»Jaja, versprochen.«

»Alles gut, Mama!«, sagt Suad. »Lass uns weitergehen!«

Noch bevor wir klopfen, öffnet Fatima die Tür. Sie führt Mutter und Suad ins Hinterzimmer. Zurück bleibe ich, allein im weitläufigen Wohnzimmer. Ich setze mich auf eines der Sofas. Der Raum beeindruckt mich: edle Teppiche, riesige Sitzmöbel und kunstvoll gerahmte Koranverse schmücken die Wände. An einer Seite hängt die Flagge des Kalifats – eine bedrückende Erinnerung daran, wo ich mich befinde.

Dann betritt ein Mann den Raum, der Fatimas Ehemann sein muss. Er ist klein, untersetzt, mit blonden Haaren und einem ungepflegten Bart, der an manchen Stellen spärlich wächst. Er reicht mir die Hand und lässt sich auf dem Sofa gegenüber nieder.

Auf dem Boden vor ihm steht eine braune Ledertasche, daneben lehnt ein Gewehr an der Wand, und ein Handy liegt griffbereit auf dem Sofa.

Fatima ruft ihn zu sich, kurz darauf kehrt er mit einem Tablett zurück, darauf zwei Tassen Tee, Gläser und ein Krug Wasser. Er serviert mir Tee und setzt sich wieder.

Er blickt immer wieder auf sein Handy, während ich meinen Löffel in der Tasse kreisen lasse. Irgendwann halte ich es nicht mehr aus.

»Weißt du, wer ich bin?«

»Ja, Cousin«, sagt er in gebrochenem Arabisch. Sein Akzent ist stark.

»Mein Name ist Noah. Und du heißt?«

»Abu Islam.«

»Aber das ist nicht dein richtiger Name, oder?«

»Ralf Becker.«

»Bist du aus Berlin?«

»Nein, aus Mülheim an der Ruhr.«

»Was? Ein ganzer Satz als Name einer Stadt?«

Zum ersten Mal lächelt er. »Eine kleine Stadt.«

»Ich habe gehört, du bist Informatiker.«

»Studiert, ja. In Bielefeld.«

»Ist das auch eine Stadt?«

Er lächelt wieder. »Ja … Wobei es in Deutschland so einen Witz gibt, dass Bielefeld eigentlich gar nicht existiert.«

Ich verstehe den Witz nicht, lächele aus Höflichkeit.

»Vermisst du Deutschland?«, frage ich.

»Manchmal. Aber hier ist mein richtiges Zuhause, im Kalifat.«

»Wie groß ist deine Familie?«

Er holt ein Foto aus seiner Ledertasche. Es zeigt ein älteres Ehepaar, drei Jungen und ein Mädchen in einem Garten. Ganz hinten erkenne ich einen Taubenschlag.

»Gehören die Tauben dir?«

»Sie gehören meinem Vater, er liebt Tauben sehr.«

»Dein Vater ist ein Taubenzüchter? Ich auch!«

Sein Gesicht hellt sich auf, und wir sprechen fast eine Stunde lang über Tauben. Obwohl er behauptet, wenig Ahnung zu haben, merke ich schnell, dass er sich gut auskennt. Während er spricht, wirkt er wie ein Mann, der in einem Garten voller Tauben stehen und die Welt vergessen könnte. Doch ein Blick auf das Gewehr neben ihm holt mich in die Realität zurück.

Als der Muezzin ruft, leitet Abu Islam das Gebet an. Nach dem Beten essen wir zusammen Reis mit Bohnensoße. Wir reden immer vertrauter miteinander. Ich helfe Ralf, die richtigen Wörter zu finden. Sein Arabisch ist nicht an der Taubenzucht geschult.

Die ganze Heimfahrt über denke ich an Ralf Abu Islam. Wie kann jemand gleichzeitig ein freundlicher Taubenliebhaber und ein Gotteskrieger sein? Kurz bevor wir ankommen, beugt sich Suad zu mir. Wir flüstern.

»Und? Wie ist er?«

»Nett und bewaffnet.«

## DAS FLÜSTERN DER FRAUEN

Dank eines alten Handys, das Suad bei unserem Besuch heimlich von Fatima erhalten hat, können die beiden nun problemlos in Kontakt bleiben. Fatima sei jung, sagt Suad, und müsse vieles, was eine verheiratete Frau wissen sollte, noch lernen. Als erfahrene Ehefrau und werdende Mutter gibt Suad ihr Ratschläge. Meistens tauschen sie sich spät in der Nacht aus, wenn alle schlafen. Fatima schwört, ihr Mann selbst habe das Handy besorgt.

»Was, wenn jemand das Handy findet?«, frage ich.

»Es gehört offiziell Abu Islam. Er könnte behaupten, er hätte es bei uns vergessen, als er hier war«, antwortet Suad.

»Ihr habt wirklich an alles gedacht. Und darf ich wissen, worüber ihr redet?«

»Das bleibt unter uns Frauen.«

»Schade. Ich hätte gern mehr erfahren.«

Suad lacht und versucht, mir spielerisch einen Klaps zu geben, doch ich weiche geschickt aus.

»Im Ernst«, sage ich, »wie geht es Fatima? Ich denke oft an sie.«

Suad wirft einen schnellen Blick auf Mutter, als wollte sie mir etwas anvertrauen, das Mutter nicht hören soll. Mutter hängt die Wäsche auf, ihre Bewegungen ruhig und bedacht. Hin und wieder schenkt sie uns ein Lächeln, als wäre sie erleichtert über unsere lockere Stimmung.

»Mit Abu Islam läuft es besser, als sie erwartet hat«, sagt

Suad. »Er ist freundlich zu ihr. Und Fatima meint, er mag dich.«

»Ist das alles? Keine weiteren Neuigkeiten?«

»Sie hat seine Freunde getroffen. Vier aus Deutschland, einer aus der Schweiz.«

»Und? Was sagt sie über sie?«

Suad zögert kurz, bevor sie antwortet. »Die meisten sind nett, sagt sie, und sie haben gute Posten. Aber der Schweizer … Sie mag ihn nicht. Und auch seine Frauen mag sie nicht.«

»Wie viele Frauen hat er?«

»Drei Ehefrauen und zwei Sklavinnen, vielleicht sogar mehr.«

Ich ziehe die Augenbrauen hoch.

»Fatima meinte, dass alle seine Freunde Sklavinnen haben. Nur Abu Islam nicht.«

»Was hält sie davon?«

»Ich habe sie nicht direkt gefragt«, sagt Suad. »Auf mich wirkt sie oft so, als würde sie diese neue Welt noch vorsichtig abtasten wollen.«

Suad spielt nun mit ihren Fingernägeln, als wollte sie einen Gedanken festhalten, der ihr zu entgleiten droht.

Irgendetwas in mir hofft, dass Fatima nicht enttäuscht wird. Egal, wie freundlich ihr Ehemann erscheint, er bleibt ein Mudschahed. Und wie Onkel Ali einmal sagte: »Man weiß, wie sie denken. Man ahnt, woran sie glauben. Doch man weiß nie so richtig, was Gott ihnen alles erlaubt.«

## »OPERATION WANDERTAUBE«

Seit ein paar Tagen benimmt sich Onkel Ali noch seltsamer als zuvor. Zwei Nächte lang blieb er fort, schlief irgendwo auswärts. Früher kam das oft vor, doch inzwischen eigentlich nicht mehr.

Heute Abend ist er zurückgekommen, scheint jedoch in Gedanken ganz woanders zu sein. Sein Blick geht ins Leere, seine Gedanken treiben fort, dorthin, wo ich ihn nicht erreiche. Er spricht kaum, weicht mir aus. Auf meine Frage, wo er gewesen sei – nichts. Nur Schweigen.

Ich lasse ihn.

Spät am Abend sitze ich mit Suad im Hof. Sie strickt für das kommende Baby, ich starre hinauf zu den unzähligen Sternen. Da weckt mich das Zuschlagen einer Autotür aus meinen Gedanken. Eine Stimme, die ich sofort erkenne: Ayoub, er gibt Anweisungen beim Einparken.

Ich schleiche ins Wohnzimmer und spähe hinaus. Ayoub und Omer al-Qaisi bewegen sich auf Onkels Haus zu.

Ich warte. Niemand ruft mich. Niemand macht Anstalten, mich dazuzuholen.

»Ich gehe rüber«, sage ich.

Suad strickt weiter.

Im Hof bleibe ich stehen. Die Wohnzimmertür meines Onkels ist geschlossen. Dahinter höre ich ihre Stimmen – gedämpft, nicht eindeutig.

Meine Finger zittern, als ich sie auf die hölzerne Tür lege. Ich presse mein Ohr dagegen.

Zunächst nur Murmeln – Stimmen treiben an mir vorbei, zu schnell, zu leise. Ich schließe die Augen, drücke mich noch fester ans Holz, halte die Luft an. Ich kann nicht heraushören, wer was sagt, aber ein paar Bruchteile verstehe ich.

»Operation Wandertaube … Hinrichtungen … winzige Kameras … hinaus in die Welt … Netzwerk … BBC nannte uns eine ›vertrauliche Quelle‹ … Mittelsmänner … Tauben über die Grenze … mit Botschaften zurück … USB-Sticks … Flügel … weiterleiteten … Journalisten … einer ist verschwunden … ein Problem … Ich muss mal, bin gleich wieder da …«

Ich löse mich vom Holz und eile zurück.

## DIE PUZZLESTÜCKE DER WAHRHEIT

Ich krieche auf meine Matratze und ziehe mir die dünne Decke über den Kopf, atme tief ein – tief aus.

Die Gedanken in meinem Kopf flattern wild umher.

»Operation Wandertaube« … Die Wandertauben waren einst die zahlreichsten Vögel der Welt, es gab Milliarden von ihnen. Die Menschen töteten sie, bis nur noch eine übrig blieb: Martha. Eingesperrt in einem Käfig, starb sie in einem Zoo. Ihr Bild hing an Onkels Caféwand. Vielleicht haben sie den Namen für die Operation gewählt, weil sie dieses Foto vor Augen hatten. Oder fühlen sie sich selbst wie die Letzten ihrer Art?

»… Hinrichtungen … winzige Kameras … hinaus in die Welt …«

Sie dokumentieren, was geschieht. Die Steinigungen. Den Wahnsinn.

»… Mittelsmänner … Tauben über die Grenze … mit Botschaften zurück … USB-Sticks … Flügel …«

Ich sehe die Tauben als Boten vor mir, ihre Flügel schlagen kräftig, sie gleiten über die Dächer, als wäre es ein gewöhnlicher Tag. Doch sie tragen Bilder, Worte, Beweise in die Welt.

»… einer ist verschwunden … ein Problem …«

Offenbar ist einer der Mittelsmänner verschwunden. Was, wenn die Polizei ihn erwischt hat?

Ich starre an die Zimmerdecke über mir. Mein Körper fühlt sich warm an, doch meine Haut prickelt, als wäre ich in kaltes Wasser getaucht worden. Neben mir schnarcht mein Vater. Ein gleichmäßiger, beruhigender Ton. Tröstlich. Eine Erinnerung daran, dass die Welt normal sein kann.

Ich bin stolz auf Onkel Ali. Er lässt sich das alles nicht einfach gefallen, so wie die anderen. Aber ich weiß: Wenn sie den Mittelsmann haben, könnten sie auch von Onkel Ali wissen. Ich schlucke. Meine Kehle ist trocken. Ich kann nicht aufhören, über alles nachzudenken. Ich will verstehen, was Onkel Ali und seine Freunde da treiben.

## DETEKTIV AUF DER HAUPTSTRASSE

Heute brennt die Sonne nicht mit ihrer gewohnten Härte auf die Straßen. Zerfranste Wolken treiben träge über den Himmel, doch die Luft bleibt schwer. Der Staub, die Hitze – sie sind nicht loszuwerden.

Ich folge Onkel Ali – mit genug Abstand, um nicht aufzufallen, und nah genug, um ihn nicht zu verlieren. Ich verstecke mich hinter Wänden, schiebe mich zwischen Marktstände, lasse mich vom dichten Strom der Passanten verschlucken.

Ein unangenehmes Ziehen in meinem Magen mahnt mich zur Vorsicht – wenn er mich entdeckt, wird er nicht erfreut sein. Wahrscheinlich würde er mir verbieten, weiterhin sein Haus zu betreten, wann immer ich will, und das wäre ein Desaster. Ich hätte keinen Rückzugsort mehr.

Wir biegen auf die Hauptstraße ein. Ein Ort, der niemals zur Ruhe kommt. Händler preisen ihre Waren an, Schubkarren quietschen über das Pflaster, Männer stehen in Gruppen beisammen, Frauen mit verschleierten Gesichtern huschen durch enge Säulengänge. Onkel Ali steuert zielstrebig auf sein früheres Café zu. Er bleibt stehen, wirft einen Blick nach links und rechts, tritt ein und schließt die Tür hinter sich.

Für einen Moment verliere ich mich in einer Fantasie. Ich stelle mir vor, wie Onkel eines Tages nicht mehr im Verborgenen handelt, sondern gefeiert wird. Die Menschen werfen Rosen auf ihn, jubeln, rufen seinen Namen: Ali Derwisch – der

Anführer der »Operation Wandertaube«! Der Mann, der es schaffte, die Mudschahedin mit nichts als ein paar Tauben zu überlisten. Und das Schönste? Alle Taubenzüchter des Viertels und ich stehen an seiner Seite, mitten im Strom der Bewunderung.

Fast laufe ich gegen eine Säule. Es ist nicht das erste Mal, dass mich meine Tagträume in Schwierigkeiten bringen. Ich sollte mich auf meine Mission besinnen, doch nun hält mich ein Duft gefangen, der aus einer kleinen Bäckerei auf die Straße fließt. Der Geruch von frischem Brot, warm und einladend. Ich habe nicht gefrühstückt und kann nicht widerstehen, trete ein und verlasse die Bäckerei mit zwei gefüllten Käseböreks und einem Becher Chai.

Ich lehne mich an die Säule, gegen die ich eben fast gelaufen bin, und beiße genüsslich in mein Gebäck. Von diesem Säulengang aus kann ich einigermaßen unauffällig das Café beobachten.

Ein paar Meter weiter steht eine Gruppe Jungs vor dem Dawa-Jugendzentrum – untergebracht im früheren Internetcafé. Onkel nennt es spöttisch »Scharia-Infopoint for kids«. Dort bekommt man Hefte über den Glauben, darf kurz ins Internet oder Filme schauen.

Ich erkenne einige von ihnen, Nachbarn, ehemalige Mitschüler. Ich trete näher. »Was läuft heute?«, frage ich kauend und wische mir ein paar Blätterteigkrümel aus dem Mundwinkel.

»Ein neuer Film«, sagt einer von ihnen voller Begeisterung. »Eine Eigenproduktion – besser als Hollywood! Unsere

Mudschahedin zeigen den Ungläubigen, wo ihr Platz ist. Beste Action!«

Ein anderer ergänzt: »Die letzte Szene im Film davor war der Wahnsinn! Die Feindessoldaten haben gezittert! Sie sind geflohen, als sie nur die *Allahu-akbar*-Rufe gehört haben!«

Ich tue so, als würde ich mich auf den Film freuen. Dabei wandert mein Blick immer wieder zum Café.

Ein junger Mann mit Bart tritt aus dem Jugendzentrum und verkündet, dass es noch eine halbe Stunde dauere, bis der Film beginne. Wer wolle, könne sich jetzt einen Platz sichern. »Ich komme gleich nach«, sage ich beiläufig und entferne mich langsam.

Ich gehe eine Weile auf und ab – riskant genug. Die Polizei hat überall ihre Augen, und es reicht schon ein falscher Blick, ein zu langsames Essen von Börek, eine verdächtige Bewegung, damit jemand Fragen stellt. Ich habe gehört, dass sie Informanten an jeder Ecke haben.

Mittlerweile frage ich mich, ob ich für diese Detektivarbeit wirklich gemacht bin. Ich bin müde, meine Füße schmerzen, und eigentlich will ich nach Hause. In Filmen sitzen Detektive in Cafés, trinken Kaffee, blättern in Zeitungen, während sie aus dem Augenwinkel ihre Zielperson beobachten. Doch was macht man, wenn Cafés verboten sind?

Ich lehne mich tiefer in den Schatten einer Säule. Gerade als ich darüber nachdenke, zurück nach Hause zu gehen, sehe ich zwei Männer auf das Café zusteuern. Omer al-Qaisi und ein Mann, den ich nicht kenne. Omer trägt eine Pappkiste in den Händen. Ich sehe gleich: In der Pappkiste sind Löcher – Luftlöcher für Tauben. Jetzt wird es spannend. Sie klopfen ans ehemalige Café. Die Tür öffnet sich, sie treten ein.

Ich warte. Minuten vergehen.

Dann geht die Tür wieder auf, und die beiden kommen heraus. Ohne die Kiste. Sie blicken sich kurz um und verschwinden in der Menge.

## ZWEI AM KREUZ

Mein Hemd klebt an meiner Haut. Ich verlasse die geschäftige Hauptstraße und biege in Richtung der Kreuzung Medina ab.

Mein Plan ist simpel: eine kleine Runde drehen, meinen Vater besuchen, mit ihm zu Mittag essen und dann zur Hauptstraße zurückkehren, um Onkel Ali weiter zu beobachten. Doch als ich mich der Kreuzung nähere, spüre ich sofort, dass etwas nicht stimmt.

Mein Blick bleibt an der gegenüberliegenden Seite der Basarstraße hängen. Dort sehe ich etwas, das ich nicht gleich begreife: zwei Männer an den Zaun der Kreuzung gefesselt. Ich blinzele, reibe mir die Augen. Ein flaues Gefühl breitet sich in meinem Magen aus.

Die Männer tragen zerrissene, schmutzige Kleidung. Ihre langen Haare fallen wirr an ihre ausgemergelten bärtigen Gesichter. Sie sehen aus wie Geister.

Es gibt keine Polizisten, die über sie wachen, keine Menge, die sich versammelt, um zu starren oder zu tuscheln.

Die wenigen Menschen, die vorbeigehen, tun es mit gesenktem Blick, als wären die beiden Männer normaler Bestandteil des Straßenbildes, so gewöhnlich wie die schwarze Flagge des Kalifats, die in der Mitte der Kreuzung im Wind flattert.

Meine Beine fühlen sich mit einem Mal an, als hätte jemand sie mit Blei gefüllt. Ich zwinge mich, weiterzugehen, nicht stehen zu bleiben, nicht weiter hinzusehen. Tief einatmen. Weiter. Ich überquere die Straße und trete gleich in Rasuls Restaurant ein.

Rasul Loqman sitzt an der Kasse, sein Blick schläfrig, als könne ihn nichts auf der Welt aus der Ruhe bringen. Ich kenne ihn – er ist Taubenzüchter wie wir, ein Mitglied unseres Vereins. Ist er auch an der »Operation Wandertaube« beteiligt? Möglich ist es.

Ich lehne mich an die Theke und versuche, beiläufig zu klingen: »Rasul … Die Männer da draußen … was haben sie getan?«

Er hebt langsam den Blick, als wäre meine Frage kaum der Mühe wert. Sein Gesicht bleibt ausdruckslos, als er sagt:

»Sie haben irgendwelche Parolen gegen das Kalifat an irgendwelche Wände geschrieben.«

Dann fügt er mit derselben Gleichgültigkeit hinzu:

»Drei Tage lang bleiben sie dort.«

Mein Magen zieht sich zusammen. Ich verabschiede mich und trete wieder auf die Straße hinaus.

Wenn Mohamed reden würde … Wenn er jemandem von dem Bild an der Wand der Mittelschule erzählen würde … Und Onkel Ali? Ich wage es nicht, darüber nachzudenken, was sie mit ihm tun würden.

Meine Detektivarbeit endet hier. Ich habe genug gesehen, genug gehört. Ich will nichts mehr erfahren. Gar nichts mehr. Es reicht.

## FÜR UNSERE TAUBEN

Seit Tagen trage ich dieses Wissen mit mir herum. Ich habe darüber nachgedacht, Onkel Ali zu sagen, dass ich sein Geheimnis kenne. Aber was, wenn er mir nicht mehr vertraut? Mir den Schlüssel wegnimmt? Ohne ihn komme ich nicht mehr zu den Tauben. Das will ich nicht riskieren.

Also schweige ich. Aber nicht aus Angst. Auch aus Stolz. Onkel Ali tut etwas. Und genau das ändert alles. Er hat meinen Respekt, meine Bewunderung.

Ich werde das Geheimnis bewahren.

Für ihn.

Für mich.

Für unsere Tauben.

## UNRUHE IM TAUBENREICH

Eine Woche später. Onkel Ali steht im Hof, den Kopf gesenkt, den Blick starr auf einen zerknitterten Zettel gerichtet. Der Ausdruck auf seinem Gesicht ist hart.

»Onkel, ist alles in Ordnung?«, frage ich vorsichtig.

Ohne ein Wort reicht er mir das Blatt Papier und wendet sich ab. Ich betrachte den Zettel. Darauf prangt das Siegel der Religionspolizei.

*Verbot der Taubenzucht auf den Dächern*

*Alle Taubenzüchter, die Tauben auf den Dächern halten, sind angewiesen, diese innerhalb einer Woche zu entfernen. Bei Nichtbefolgung drohen Maßnahmen wie Geldstrafe, Gefängnis oder Prügel. Jeder Muslim ist verpflichtet, Personen zu melden, die Tauben auf den Dächern halten, um Belästigungen der Nachbarn und Zeitverschwendung zu verhindern.*

Ich lese die Worte mehrmals. Jedes Mal graben sie sich tiefer in meinen Verstand. Der Gedanke, dass Tauben nicht mehr über den Dächern kreisen dürfen, erscheint mir absurd – als wollte man den Wolken verbieten zu ziehen oder den Sternen verwehren, die Nacht zu erleuchten. Und was soll dann überhaupt aus mir werden?

»Was bedeutet das?«, frage ich.

Onkels Blick ist in die Ferne gerichtet, dorthin, wo keins meiner Worte ihn erreichen kann. Schweigend geht er im Hof auf und ab, die Hände hinter dem Rücken verschränkt, sein Ausdruck unergründlich.

Ich setze mich auf einen Hocker, den Zettel in der Hand. Mein Blick schweift zum Himmel, der in den orangefarbenen Tönen der Dämmerung schimmert – ohne eine einzige flatternde Taube.

Eine Weile sitzen Onkel Ali und ich da. Die Frage, worum es bei diesem Verbot wirklich geht, lässt mich nicht los. Geht es denn wirklich um die Tauben, die Männer auf den Dächern, Belästigungen der Nachbarn oder um alles zusammen? Und die größere, viel drängendere Frage: Was soll ich tun ohne meine Tauben?

Plötzlich klopft es an der Haustür. Onkel geht hin und öffnet, es ist Ayoub.

»Habt ihr euch ein wenig vom ersten Schock erholen können?«, fragt er, tritt ein und nimmt auf einem Stuhl im Hof Platz. Ich bleibe auf meinem Hocker sitzen. Onkels Gesicht erhellt sich, er kündigt an, schwarzen Tee zu kochen, und geht in die Küche.

»Ayoub, darf ich dich etwas fragen?«

»Natürlich.«

»Worum geht es bei dem Verbot?«

»Zuerst dürfen wir uns nicht mehr auf den Dächern aufhalten. Sonst könnten wir die Frauen in den Höfen sehen, wenn sie zu Hause keine Niqabs tragen. Das ist jetzt strafbar. Deshalb sollen die Taubenschläge in die Höfe verlegt werden.«

»Das heißt … wir dürfen die Tauben nicht mehr fliegen lassen?«

»Ja, so verstehe ich es. Wenn die Tauben fliegen, landen sie auf den Zäunen der Dächer, so sind sie es gewohnt. Aber es ist verboten, mit den Tauben auf dem Dach zu sein. Also können wir sie nicht mehr fliegen lassen.«

»Ist Taubenzucht in unserer Religion nicht erlaubt?«

»Ich habe Pharmazie studiert, nicht Theologie. Aber ich weiß einiges über Taubenzucht. Im mekkanischen Islam deines Onkels wäre sie jedenfalls erlaubt.«

»Ach komm, lass diese Scherze! Ist Taubenzucht verboten?«

»Nein.«

»Was dann?«

»Es gibt keine klare Regel. Einige Muftis lehnen Taubenzucht als Hobby ab, während sie sie als Beruf – etwa für den Handel oder die Zubereitung von Taubenfleisch – akzeptieren.«

»Wisst ihr eigentlich, warum Aussagen von Taubenzüchtern früher vor Gericht nicht anerkannt wurden?«, ruft Onkel aus der Küche.

»Du lauschst!«, ruft Ayoub. »Komm und erzähl es uns, du weißt mehr als ich!«

Onkel Ali lehnt sich an den Türrahmen der Küche. »Einige Theologen sagten, Taubenzüchtern sei nicht zu trauen, da sie alles tun würden, um an Tauben zu kommen. Ihr Verstand schweife mit den Flügeln ihrer Vögel davon, und alles andere sei für sie nebensächlich.« Er zwinkert. »Vielleicht hat ein Taubenzüchter mal versucht, die Frau eines Richters zu verführen – und der wollte sich daraufhin an allen Taubenzüchtern rächen. Wer weiß?«

Ayoub und ich lachen. Onkel kehrt in die Küche zurück.

»Danke, Ayoub!«, flüstere ich. »Jetzt ist er gut drauf.«

Onkel ruft: »Noah, ich kann dich hören! Schick uns lieber eine Taube von der Arche, die allen eine gute Nachricht bringt.«

»Was für eine Arche?«, frage ich und sehe Ayoub an, der nur mit den Schultern zuckt.

Onkel kommt mit einem Tablett und drei dampfenden Gläsern Tee zurück.

»Welche Arche?«, fragt Ayoub.

»Kennst du die Geschichte nicht?«, fragt Onkel Ali. »Trinkt euren Tee, ich erzähle sie euch.«

»Ich höre«, sage ich.

»Du kennst die Sintflut, als Gott die Erde im Wasser versinken ließ und nur Noah, seine Familie und je ein Paar jeder Tierart die Arche betraten. Später ließ Noah eine Taube fliegen, um zu sehen, ob das Wasser zurückgegangen war. Beim ersten Mal fand sie keinen Platz zum Ruhen und kehrte zurück. Beim zweiten Mal brachte sie einen Olivenzweig mit. Beim dritten Mal kam sie nicht mehr zurück. So wusste Noah, dass das Wasser verschwunden war.«

»Ach so, jetzt verstehe ich.«

»Halleluja!«, ruft Onkel lachend und breitet die Arme aus.

»Aber Moment mal«, sage ich, »die Geschichte ergibt keinen Sinn.«

»Was meinst du?«, fragt er.

»Wenn auf der Arche ein Täuber und eine Täubin waren, dann passt das nicht zusammen.«

»Wieso?«

»Tauben kehren immer zu ihrem Partner zurück. Es liegt in ihrer Natur. Nach all der Zeit auf der Arche war die Taube dort längst zu Hause. Es kann nicht sein, dass sie nicht zurückkam. Nur der Tod oder eine Naturkatastrophe können eine Taube davon abhalten, zu ihrem Partner zurückzukehren.«

Ayoub lacht. »Dein Neffe kennt die Natur der Tauben besser als der Prophet Noah!«

Wir lachen alle.

»Mach weiter so, Noah«, sagt Onkel Ali. »Ein kleiner Gedanke kann genügen – und selbst die Tauben sehen schlauer aus. Und die Welt gleich mit.«

## ERINNERUNG IM TRAUM

Auf meiner Matratze im Wohnzimmer liegend, lausche ich dem lauten Schnarchen meines Vaters. Wir nennen es liebevoll »die Symphonie«. Wer von uns sein Schnarchen zum ersten Mal so genannt hat, ist mir entfallen, aber wenn Vater sich bettfertig macht, sagen wir: »Bald beginnt die Symphonie!«

Weil ich mich daran gewöhnt habe, schlafe ich normalerweise trotzdem schnell ein, doch heute fällt es mir schwer. Ihr Takt hält mich wach.

Obwohl wir, Onkel Ali, Ayoub und ich, uns am Abend noch ausgelassen unterhalten haben, änderte sich meine Stimmung rasch, als ich allein war. Ich fühle mich niedergeschlagen und weiß nicht, wie ich mit der gesamten Situation umgehen soll.

Onkel Ali und Ayoub bewundere ich dafür, trotz aller Unsicherheiten scherzen zu können. Ich versuche oft, sie nachzuahmen, scheitere jedoch.

*Ich stehe auf dem Dach, lehne mich über den Zaun und beobachte sie alle im Hof. Mein Vater und Onkel Ali unterhalten sich. Suad und Walid umarmen sich und schauen Mutter dabei zu, wie sie Fische auf dem Steinofen grillt und Brot aus Reismehl backt. Über mir fliegen meine Tauben, begleitet von anderen Schwärmen aus der Nachbarschaft. Ayoub winkt mir vom Dach seines Hauses zu. Mohamed und Shirzad spielen an der Ecke neben der Moschee Backgammon. Einige Kleinkinder spielen auf dem Hauptplatz mit Murmeln, während ein paar Jungs Fatima und andere Mädchen ansprechen, die mit offenen Haaren und in Kleidern, bunt wie Schmetterlinge, kichernd weitergehen. Zwei Männer laufen nebeneinander her und schauen irgendetwas auf einem Handy an. Tänzer schlägt in der Luft Purzelbäume – einen, zwei, drei – und gewinnt wieder an Höhe. Seine Flügel klatschen, Regenbogen nähert sich ihm, setzt sich an die Spitze des Schwarms.*

## DIE HÜHNER DES KALIFATS

Heute liegt viel Arbeit vor uns: Ein neuer Taubenschlag soll im Hof errichtet werden. Bevor Onkel Ali aufbricht, um die nötigen Materialien zu besorgen, gibt er mir eine Anweisung, die mir Unbehagen bereitet.

»Stutz den Tauben die großen Schwungfedern«, sagt er und reicht mir eine Schere.

»Ich bin mir nicht sicher, ob ich das übers Herz bringen kann«, gestehe ich ihm.

»Probier es einfach. Wenn du es nicht hinbekommst, mache ich es, sobald ich zurück bin.«

An diesem Morgen liegt eine seltsame Stille über den Dächern. Keine Taube über dem Viertel. Kein Züchter auf seinem Dach. Das gewohnte Pfeifen und die vertrauten Rufe sind nicht zu hören.

Vor dem Taubenschlag stehend, fühlt sich die Schere in meiner Hand schwer und fremd an. Ich sehe Schneeweiß. Ihre Schwungfedern sind zur Hälfte nachgewachsen, und sie hüpft unruhig hin und her, als wüsste sie, dass etwas Unheilvolles bevorsteht. Es ist wohl ihr Schicksal, niemals schweben zu dürfen. Fair ist das nicht. Ich fühle mich schuldig – erst habe ich sie zum Lockvogel gemacht, nun muss ich ihr endgültig die Freiheit nehmen.

Die anderen Tauben sammeln sich an der Tür, wie jeden Tag, voller Energie und bereit hinauszufliegen. Ich bin wie erstarrt. Ich will es nicht – das Stutzen ihrer Federn kann ich nicht.

Ich gehe hinunter und hole die Nistkästen aus der Kammer unter der Treppe hervor. Onkel hat gesagt, dass sich die Tauben, wenn sie nicht mehr fliegen könnten, dem Eierlegen und der Aufzucht von Jungvögeln widmen würden. »Die Tauben werden die neuen Hühner des Kalifats«, scherzte er, aber ich konnte darüber nicht lachen.

Während ich die Nistkästen säubere, kehrt Onkel Ali zurück. Vor der Tür steht ein Taxi, beladen mit Holz und Drahtzaun. Gemeinsam schleppen wir die Materialien in den Hof und beginnen sofort mit der Arbeit.

Stundenlang bauen wir den neuen, überdachten Taubenschlag, der die Tiere vor der sengenden Sonne schützen soll. Die Mittagshitze ist unerträglich, doch wir machen nur eine kurze Pause und arbeiten bis zum späten Nachmittag.

Kurz vor der Abenddämmerung ist der Taubenschlag endlich fertig. Onkel schlägt vor, dass wir gemeinsam aufs Dach gehen, um die letzten Vorbereitungen zu treffen. Wir tragen den Werkzeugschrank und den Getreidebehälter hinunter in den Hof. Dann nimmt Onkel die Schere und geht in den Schlag, während ich davorstehe und warte. Er nimmt die Tauben, eine nach der anderen, stutzt ihnen die Schwungfedern und setzt sie auf den Boden.

Überall liegen Federn herum, es sieht aus wie auf einem Schlachthof. Als Onkel mir Regenbogen und Tänzer überreicht, überwältigt mich die Traurigkeit, die ich den ganzen Tag über verdrängt habe. Vorsichtig bringe ich beiden runter in den neuen Schlag und verschließe die Tür. Unaufhaltsam laufen mir Tränen über die Wangen. Weinend gehe ich zurück nach oben. Onkel Ali reicht mir die nächsten zwei Tauben raus. Ich wische die Tränen nicht weg.

## DER SOMMER, DER DEN HIMMEL STAHL

Dieser Sommer hat den Himmel gestohlen. Es schmerzt, die Tauben in ihrem neuen Taubenschlag im Hof zu sehen. Ihr ganzes Leben ist jetzt auf Gitter und enge Kästen beschränkt. Fürs Erste wird keine von ihnen mehr im Himmel kreisen oder auf dem Zaun sitzen. Ich frage mich, ob ihre Nachkommen uns verzeihen werden, dass wir ihren Eltern die Flügel gestutzt haben. Oder ob sie sich rächen werden, indem sie ausbrechen, sich trotzig auf die Zäune hocken, bis die Mudschahedin auf sie aufmerksam werden.

Als ich die Tür des neuen Schlags öffne, wirken die Tauben nervös. Es ist der zweite Tag, an dem sie nicht fliegen können. Das Dach war ihr Zuhause, der Himmel ihr Revier. Jetzt wagt keine von ihnen, überhaupt den Käfig zu verlassen, während ich Futter und Wasser vor die Tür stelle. Langsam treten ein paar hervor. Vielleicht begreifen sie irgendwann, dass ihr Dach jetzt ein Hof ist.

Onkel Ali tritt aus seinem Wohnzimmer, eine Tasse Kaffee in der Hand. Er setzt sich neben mich, schlürft einen Schluck. »Du wirkst nervös.«

»Ja«, antworte ich knapp.

»Du musst dich an das alles gewöhnen.«

Ich schweige, mein Blick bleibt auf die Tauben gerichtet. »Gibt es Neuigkeiten aus der Welt? Ich habe in letzter Zeit nichts mitbekommen«, fragt er.

»Ich habe etwas gehört«, beginne ich zögernd.

»Was?«

»Es heißt, eine neue Allianz aus westlichen Staaten – unter der Führung der USA – bereitet einen Angriff auf das Kalifat vor.«

»Davon habe ich auch gehört.«

»Und was hältst du davon?«, frage ich.

Onkel Ali nimmt einen weiteren Schluck Kaffee, sein Blick wird nachdenklich.

»Kot und Urin fließen in dieselbe Grube.«

»Was soll das bedeuten?«

»Ich vertraue ihnen allen nicht, besonders den Amerikanern nicht. Sie kommen immer, um ein Problem zu lösen, verschwinden dann wieder und hinterlassen einen Haufen neuer Probleme. Jahre später kommen sie zurück, um diese neuen Probleme zu lösen, und hinterlassen einen neuen Haufen neuer Probleme.«

Er steht auf und schlurft zurück ins Wohnzimmer. Seine Worte hallen in meinem Kopf nach. Ich stehe auf, gehe ihm nach und rufe vom Türrahmen aus: »Aber Onkel, immerhin macht Urin uns nur nass, während Scheiße uns wie das ganze Kalifat erstickt!«

»Recht hast du! Vielleicht sollten wir die Amerikaner einladen, uns anzupinkeln!«

## FLÜGEL OHNE HIMMEL

Ohne das Flattern in der Höhe verlieren die Tauben ihren Glanz und ich meinen Halt. »Setz dich mit einem Buch vor den Verschlag«, schlug Onkel Ali einmal vor, doch Lesen war nie meine Stärke. Lieber treibe ich mich im Viertel herum.

Heute jedoch verbringe ich den Nachmittag vor dem Taubenschlag. Die vertrauten Geräusche meiner Tauben, die sich langsam an ihr neues Leben gewöhnen, durchziehen die Luft wie eine unvollständige Melodie.

Schneeweiß bleibt fast immer im Nistkasten – sie hat als Erste Eier gelegt. Zufrieden plustert sie sich auf, während Himmelblau, ihr Täuber, mit einer fast lustigen Ernsthaftigkeit vor dem Kasten auf und ab schreitet. Wenn sie selbst mal aus dem Kasten kommt, übernimmt er das Brüten mit einer Hingabe, die mich jedes Mal staunen lässt. Eine neue Generation wird bald kommen, eine »Generation Hof«, die das Dach nicht kennt, die den Himmel nicht kennt.

Meine Tauben so zu sehen, unfähig zu fliegen, ist ungewohnt. Ihr neues Leben wirkt beschränkt, widersprüchlich – und doch arrangieren sie sich damit. Ich betrachte sie, und Onkels Worte hallen in mir nach: »Das Leben geht immer weiter, seltsam, aber wahr.« Vater sagt immer etwas Ähnliches, wenn wir uns an Veränderungen gewöhnen müssen. Tatsächlich hat die neue Situation auch eine positive Seite: Wären die Tauben noch auf dem Dach, wäre ich wohl seltener draußen. Eine Wahrheit, die ich nur widerwillig anerkenne.

Onkel Ali ist, wie so oft, abwesend, in Gedanken versunken; vielleicht ist er mit seiner »Operation Wandertaube« beschäftigt. Ich frage mich, ob einzelne Tauben, die nicht in einem Schwarm fliegen, jetzt noch verdächtiger sind als zuvor. Trotz seiner Gedankenverlorenheit wirkt Onkel entspannter als zuletzt, sogar ein bisschen heiter. Möglicherweise hat sich das Problem mit dem verschwundenen Mittelsmann gelöst.

Und doch kann ich einen anderen Verdacht nicht unterdrücken. Was, wenn es nicht nur um Politik geht? Was, wenn das alles auch etwas mit den Kondomen zu tun hat, die ich zwischen seinen Büchern gefunden habe? Mit den geheimnisvollen Texten, die er schreibt und mir nicht zeigt? Er behauptet, sie handelten von Religion und Tauben, aber was ist, wenn es darin um Liebe geht? Onkel Ali, der kühle, distanzierte Mann, in romantischen Worten schwelgend.

Der Täuber Tänzer kommt näher, trippelt auf mich zu. Sein Kopf zuckt, als prüfe er mich. Wahrscheinlich will er Brotkrumen. Einen Moment bleibt er stehen, schaut mich an. Ich schaue zurück. Ich lächle und werfe ihm ein Bröckchen.

# DIE WAHRE ARENA DES LEBENS

Trotz seiner gesundheitlichen Beschwerden besteht mein Vater darauf, heute zur Arbeit zu gehen. Muskelverhärtungen im Nacken und in der Schulter plagen ihn seit Tagen, doch seine Sturheit lässt keinen Widerspruch zu. »Die Ware liegt sonst nur herum«, sagt er, während er seine Tasche packt. »Ich muss los.«

»Der Arzt hat dir doch klar gesagt: Kein schweres Heben mehr! Du brauchst Ruhe!« Meine Mutter stellt sich ihm in den Weg. »Noah kommt mit«, verkündet sie und sieht mich an. »Stimmt's? Du hilfst deinem Vater.«

Ich nicke, und mein Vater seufzt, setzt sich schwerfällig auf einen Stuhl. »Wenigstens darf ich noch meinen eigenen Sohn herumkommandieren.«

Im Laden angekommen, zeigt er mir, wo die neue Ware eingeräumt werden soll. Mein Vater wirft gelegentlich einen prüfenden Blick auf meine Arbeit, während er auf einem Stuhl vor dem Laden sitzt. Nach einer halben Stunde bin ich fertig.

»Gut gemacht«, sagt er. »Jetzt geh zu dem Tischler am Anfang des Basars, und hol mir einen Spazierstock. Er weiß schon, was ich brauche.«

»Ja«, antworte ich und warte darauf, dass er mir das Geld für den Kauf gibt.

Er schaut mich an und hebt eine Augenbraue. »Warum stehst du noch hier?«

»Geld?«

»Keine Sorge, die Bezahlung haben wir schon geklärt.«

»Dann gehen wir danach nach Hause, ja?«

»Jaja.« Ich höre die Erschöpfung in seiner Stimme.

»Papa, du brauchst Ruhe. Die Arbeit läuft dir nicht davon.«

»Ganz wie deine Mutter. Bald nörgelst du genauso.«

Kurze Zeit später kehre ich mit dem Stock zurück. Zum ersten Mal sehe ich ihn mit so etwas in der Hand. Der glänzende Holzgriff passt seltsam gut zu ihm. »Schick, oder?«, sage ich mit einem Grinsen.

»Vielleicht heiratet mich deine Mutter noch mal, wenn sie mich so sieht.«

Ich lache. »Vielleicht solltest du sie fragen.«

Zu Hause nimmt meine Mutter ihn sanft am Arm, führt ihn ins Wohnzimmer. »Akram«, flüstert sie, »wir werden alt.«

»Alt?«, antwortet er mit einem Schmunzeln. »Wir sind nur reifer geworden.«

»Reif, ja? Schau dich doch mal an.« Ihre Finger streichen zärtlich über seine Schulter, und für einen Moment sieht er sie schweigend an.

»Das Bett ist der wahre Prüfstein, wo sich zeigt, wer jung und wer alt ist«, sagt Vater mit einem schelmischen Lächeln.

»Halt die Klappe und setz dich.« Mutters Stimme klingt streng, doch das Lächeln in ihren Augen verrät sie.

Suad und ich ziehen uns ins Schlafzimmer zurück und schließen die Tür hinter uns. »Was war das denn gerade?«, fragt sie, und wir brechen in schallendes Gelächter aus.

## WIESO ICH NOAH HEISSE

Am Abend möchte Mutter Vater eine Freude bereiten, vielleicht als Belohnung dafür, dass er heute früher von der Arbeit nach Hause kam. Ihre Belohnungen sind uns allen bekannt: ein gutes Essen und ihre wunderbaren Geschichten. Zum Abendessen gibt es Biryani mit gegrilltem Fisch. Auch Onkel Ali isst mit uns.

»Ich muss wohl erst krank werden, damit eure Mutter sanft zu mir wird«, sagt Vater.

»Iss und rede nicht so viel«, sagt sie lächelnd, und wir lachen alle.

Nach dem Essen serviert Mutter schwarzen Tee mit Kardamom, und wir lassen uns auf den Kissen im Wohnzimmer nieder. Onkel Ali beginnt das Gespräch. »Raja, warum hast du Noah eigentlich den Namen ›Noah‹ gegeben?« Er lächelt spitzbübisch, richtet sich auf dem Kissen auf, und ich weiß, dass er sich gleich über mich lustig machen wird.

»Du kennst die Geschichte doch«, entgegne ich schnell, doch Mutter schüttelt den Kopf.

»Wie oft soll ich dir das noch erzählen, Ali? Aber gut …«

»Warte!«, unterbricht er. »Ich frage anders: Stimmt es, dass Noah ohne seinen Namen längst tot wäre?«

»Sag so etwas nicht, das bringt Unglück!«, protestiert Mutter. »Noah wird sehr lange leben.«

»Gut, dann: Warum war ›Noah‹ der einzige Name, den du in Betracht gezogen hast?«

»Als Suad klein war, wurde ich schwanger. Aber Suad wollte keine weiteren Geschwister. Sie wollte alleinige Prinzessin im Haus bleiben.«

»Das stimmt überhaupt nicht!«, ruft Suad.

»Doch, doch!«, sagt Onkel Ali. »Egoistin!«

Mutter fährt fort: »Es war ein Junge, er kam viel zu früh zur Welt. Er lebte nur zwei Minuten lang. Die Hebamme meinte, es lag an Problemen mit dem Fruchtwasser.«

Sie schweigt kurz, als wäre die Erinnerung immer noch schmerzhaft, dann fährt sie schnell fort: »Als ich dann erneut schwanger wurde, wusste ich sofort, dass es wieder ein Junge ist.«

»Warst du beim Arzt?«, fragt Suad. »Hast du das Kind im Ultraschall gesehen?«

»Um Gottes willen, nein! Ich lasse keinen fremden Mann meinen Körper sehen.«

»Aber woher wusstest du dann, dass es ein Junge wird?«, fragt Onkel Ali.

»Wenn die rechte Brust größer wird als die linke, ist es ein Junge. Sind beide gleich groß, ist es ein Mädchen.«

Suad tastet sofort ihre Brust ab, und wir brechen alle in Gelächter aus.

»Das ist eine Wissenschaft für sich!«, ruft Vater.

»Da ich zuvor einen Jungen verloren hatte, der im Wasser meines Bauches ertrunken war, entschied ich, diesem Kind nun den Namen des Propheten Noah zu geben. Mit diesem Namen sollte er jede Flut überleben.«

Onkel Ali klatscht in die Hände. »Raja, so poetisch! Das gefällt mir!«

Mutter lächelt zufrieden.

»Die Geschichte ist aber noch nicht zu Ende«, sagt sie und lehnt sich zurück. »Als Noah geboren wurde, gab er zunächst keinen Laut von sich und konnte kaum atmen. Die Hebamme hielt ihn kopfüber, klopfte ihm auf den Rücken, bis ein paar Tropfen Wasser aus seinem Mund fielen. Dann drehte sie ihn auf den Bauch und schlug ihm erneut auf den Rücken. Viel Wasser kam heraus – und dann schrie er laut: ›Waaaa!‹ Mein Noah.«

»Eine schöne Geschichte«, sagt Onkel Ali. »Ich höre sie jedes Mal gern. Aber die Sache mit der Größe der Brust ist mir neu.«

»Es gibt viele Dinge, die ihr Männer nicht wisst und niemals verstehen werdet.«

»Ja, eins verstehe ich wirklich nicht«, sagt Onkel und hebt den Finger.

»Was denn?«, fragt sie.

»Warum hast du ihn nicht ›Yunus‹ genannt?«

»Yunus? Der Prophet?«

»Ja. Wie ›Pinocchio‹ hat er auch im Bauch eines Wals überlebt.«

»Pinocchio, der hölzerne Junge?«

»Ja.«

»Du stellst echt Fragen! Lass mich!«, ruft Mutter, verdreht die Augen und blickt zur Decke. »Gott, warum hast du mich mit all diesen verrückten Männern gestraft?«

Wir lachen, und für einen Moment wirkt alles leicht und unbeschwert.

Plötzlich steht Onkel Ali auf. »Was haltet ihr davon, wenn wir Karten spielen? Das war doch immer unsere Tradition.«

Mutter runzelt die Stirn. »Spiele sind verboten. Wir haben alle vernichtet.«

»Ich habe einen Satz Karten versteckt. Ich hole sie, und dann geht es los!«

Sein Grinsen ist ansteckend. Als Onkel zur Tür geht, schauen Mutter, Vater, Suad und ich uns an. Wir freuen uns.

## DIE NACHT DER ABSCHIEDE

Eine Hand auf meinem Kopf. Ich schrecke auf. Über mir in der Dunkelheit sehe ich Onkel Alis Gesicht. Seine Finger liegen auf seinen Lippen.

»Komm mit«, flüstert er.

Er wendet sich ab, geht hinaus.

Mein Vater schläft. Tief und fest.

Draußen vor Onkels Haus stehen zwei Autos, ihre Motoren sind aus, aber die Fahrzeuge strahlen eine bedrückende Spannung aus. Die Haustür ist offen. Im Hof stehen zwei Männer. Ihre Haltung ist entspannt, doch ihre Hände ruhen auf ihren Gürteln, an denen Pistolen baumeln. Sie taxieren mich mit kurzen Blicken – keine Feindseligkeit, aber auch keine Wärme. Ein Nicken, mechanisch, professionell. Ich erwidere es aus Unsicherheit und weil mir nichts anderes einfällt.

Ich folge Onkel ins Wohnzimmer. Drinnen, zwischen den dunklen Bücherregalen, steht ein Mann, den ich sofort erkenne.

Er lächelt. »Grüß dich, Noah.«

Er sieht ganz anders aus, als ich ihn in Erinnerung habe, und trotzdem weiß ich gleich, wer er ist. Mein Bruder.

»Bakir?«

Er kommt einen Schritt näher, dann bleibt er stehen. Ein Moment der Verlegenheit. Umarmen? Hände schütteln? Einfach nur ansehen? »Gott, du bist ein großer Junge geworden.«

Seine Stimme klingt vertraut, doch gleichzeitig fremd. Ich weiß nicht, was ich sagen soll. Also sage ich nichts.

Die Wärme in seinem Gesicht verfliegt schnell. Er wechselt in eine andere Rolle, ernst, geschäftig.

»Wir haben nicht viel Zeit«, sagt er und wendet sich an Onkel Ali.

»Noah, ich muss heute noch weg«, sagt Onkel Ali.

»Wohin?«

»Nachbarland.«

»Warum?«

»Stell nicht so viele Fragen.«

Ich presse die Lippen zusammen.

Onkel dreht sich zu Bakir, sieht ihm lange in die Augen. Dann packt er seine Hand und schüttelt sie.

»Bakir, du rettest mir das Leben. Ich werde dir das nie vergessen.«

Bakir erwidert den Blick, doch sein Gesichtsausdruck bleibt unergründlich. Onkel Ali schaut zu den Männern im Hof. »Sie bringen dich sicher über die Grenze«, sagt Bakir. »Mit ihren Ausweisen kann euch keiner stoppen.«

Onkel wendet sich noch einmal mir zu. Für einen Moment ist es, als wollte er noch etwas sagen, etwas, das über die üblichen Abschiedsworte hinausgeht. Doch dann sagt er nur: »Pass auf dich auf.«

Meine Kehle ist trocken. »Du auch.«

Wir folgen ihm bis zur Türschwelle.

Ich höre die Autotüren, das Klacken, das Rumpeln des Motors, als eines der Fahrzeuge anspringt. Durch das Licht der Scheinwerfer bilden sich lange, gespenstische Schatten auf der Hauswand. Dann verschwindet das Auto in der Dunkelheit.

Zurück bleiben Bakir und ich. Ich starre ihn an, mein Kopf ein Chaos aus Fragen und Angst.

»Was ist mit Onkel Ali?«

»Er hat sich in Schwierigkeiten gebracht.« Mein Bruder hält inne, als würde er die nächsten Worte abwägen. »Ihm zu helfen, könnte mich in große Probleme bringen. Aber … ich konnte nicht anders.«

Er mustert mich für einen Moment, als wollte er sich ein Bild davon machen, ob man mir vertrauen kann.

»Du kannst dich auf mich verlassen«, sage ich.

»Ich breche jetzt auf«, sagt Bakir. »Wenn du etwas brauchst, melde dich bei Abu Islam.«

»Ihr kennt euch?«

»Wir waren zusammen in Deutschland.«

»Du warst in Deutschland?«

»Wir sind wie Brüder.«

Ich will noch etwas sagen, aber ich weiß nicht, was. Bakir wirft mir einen letzten Blick zu, dann dreht er sich um und verschwindet in die Nacht.

## IM AUGENBLICK DER STILLE

Eine Explosion reißt uns aus dem Schlaf, gefolgt von Schreien und Schüssen, die die Dunkelheit durchbrechen. Suad und Mutter stürmen ins Wohnzimmer. Wir scharen uns alle um Vater. Er hält Mutter und Suad fest, während Mutters Hand die meine umklammert. Befehle, Rufe, Schüsse. Mutters Hand beginnt zu zittern, ihr Griff schwächt sich. Ich lege meine Arme um ihre Schultern, halte sie, während sie immer unkontrollierter bebt.

Wir hören, wie draußen jemand das Wort »Halt!« brüllt. Weitere Schüsse folgen. Der Tumult vor unserem Haus wächst.

Dann wird es plötzlich still.

Vater nickt mir zu und deutet aufs Fenster. Mutter hält mich zurück, ihre Augen gerötet. »Sei vorsichtig«, flüstert sie. Ich schiebe den Vorhang beiseite. Auf dem Hauptplatz stehen zwei Autos in Flammen, Rauch steigt auf. Eine reglose Gestalt liegt direkt vor unserer Tür. Ich ziehe den Vorhang zu. »Es sieht schlimm aus«, sage ich.

»Wir bleiben alle hier sitzen«, sagt Vater.

Eine Weile geschieht nichts. Dann hören wir eine Durchsage über Lautsprecher: Ausgangssperre.

Langsam beruhigen sich Mutter und Suad, ziehen sich in die Küche zurück. Vater und ich bleiben im Wohnzimmer, stehen jedoch immer wieder auf, gehen ans Fenster, beobachten.

Als die ersten Sonnenstrahlen den Horizont erhellen, trifft ein Krankenwagen ein. Zwei Körper werden fortgetragen. Ein

Abschleppwagen und Männer in gelben Westen tauchen auf. Bewaffnete Männer bewachen die Szenerie.

Suad bringt uns Tee und Kekse, bevor sie sich wieder zurückzieht. Vater setzt sich und lehnt sich auf seinem Kissen zurück, wie ein Kapitän, der das Chaos um sich herum erträgt.

»Was siehst du?«, fragt er mich.

»Der Krankenwagen ist weg. Jetzt beseitigen sie die Autowracks«, antworte ich.

Vater beißt in einen Keks, murmelt vor sich hin. »Sie räumen schnell, wenn es nötig ist.«

Bald wird über Lautsprecher das Ende der Ausgangssperre verkündet. Ich ziehe meine Sandalen an und gehe hinaus. Der Hauptplatz ist leer. Als ich vor Onkels Haustür stehe, stockt mir der Atem. Die grüne Metalltür trägt ein großes, schwarzes »X«.

Ich renne gleich zurück zu uns ins Haus.

»Onkels Tür … Sie ist markiert!«, rufe ich.

Die Worte fallen wie Steine aus meinem Mund.

## SPUREN IM STURM

Ohne ein Wort eilen Vater und Mutter hinaus. Suad und ich bleiben im Hof. Als sie zurückkehren, spiegeln ihre Gesichter die Sorge wider.

»Ali steckt in ernsten Schwierigkeiten«, sagt Vater und sieht uns mit harter Miene an. »Wir gehen zu Halima. Josef wird wissen, was los ist. Ihr bleibt hier im Haus. Ist das klar?«

Wir senken beide den Kopf.

Suad will sich ausruhen. Ich begleite sie ins Schlafzimmer, hole ein Glas Wasser und setze mich an ihr Bett. »Brauchst du noch etwas?«

»Ich will schlafen. Mein Bauch tut weh.«

»Okay, ruh dich aus.«

»Bleib bitte hier. Ich habe Angst.«

»Klar.«

Ich warte, bis ihr Atem gleichmäßig wird und sie einschläft. Dann verlasse ich das Zimmer und schließe die Tür hinter mir.

Ich trage einen Stuhl in den Hof und stelle ihn an die niedrige Mauer, die unsere Höfe trennt. Ich schwinge mich hinüber.

Das Chaos ist überwältigend. Die Tauben sind überall, einige im aufgebrochenen Taubenschlag, andere scharen sich um den umgekippten Getreidebehälter. Die Nistkästen liegen zerschlagen am Boden. Der Werkzeugschrank ist umgestürzt, sein Inhalt im Hof verstreut.

Ich durchquere das Durcheinander und trete ins Wohnzimmer. Nichts ist mehr an seinem Platz. Die Regale wurden umgeworfen, die Bücher zerfleddert, das Sofa ist aufgeschlitzt. Im Schlafzimmer und in der Küche dasselbe Bild: eine gewaltsame Zerstörung.

Ich kehre zurück in den Hof, richte den Getreidebehälter auf und streue Körner in den Taubenschlag – ein Versuch, wenigstens hier etwas Ordnung zu schaffen. Ich gebe den Tauben frisches Wasser, locke sie in den Schlag und stütze die kaputte Tür mit dem Getreidebehälter, um sie zu stabilisieren. Dann hole ich einen Stuhl aus Onkel Alis Küche und klettere zurück auf unsere Seite der Mauer.

## DER SCHWUR BEIM HEILIGEN BUCH

Die Mittagshitze hat sich bereits über die Stadt gelegt, als meine Eltern wieder auftauchen. Die Augen meiner Mutter sind gerötet, ein sicheres Zeichen, dass sie viel geweint hat.

Mutter fordert Suad und mich auf, uns mit ihnen an den Küchentisch zu setzen. Vater kommt mit dem Koran aus dem Wohnzimmer, legt ihn vor uns auf den Tisch und sieht uns dabei nicht an.

»Was ist mit Onkel Ali?«, fragt Suad.

»Sie behaupten, er sei ein Terrorist.« Mein Vater spricht langsam, ohne uns anzusehen.

»Ali ein Terrorist?«

»Lass ihn ausreden«, sagt meine Mutter, und Suad verstummt.

»Ali und andere Taubenzüchter sollen angeblich einer Organisation angehören, die gegen das Kalifat agiert. Die Polizei wirft ihnen vor, mithilfe der Tauben Telefonkarten und Datensticks zu schmuggeln. Außerdem sollen sie Kontakte zu ausländischen Geheimdiensten haben. Der Taubenzüchterverein wird als terroristische Organisation angesehen, Ali gilt als einer der Anführer.«

»So ein Unsinn!«, ruft Suad.

Ich schweige und höre zu.

»Omer al-Qaisi und einige andere sind heute bei einer geplanten Festnahme ums Leben gekommen. Sie haben Widerstand geleistet. Omer al-Qaisi hat eine Handgranate geworfen.

Andere, die in die Sache verwickelt sind, wurden verhaftet, darunter auch Ayoub Othman.«

»Und Onkel Ali?«, fragt Suad wieder.

»Josef konnte es nicht herausfinden. Er hat mit vielen telefoniert. Er vermutet, dass euer Onkel rechtzeitig geflohen ist.«

Ich schweige weiter. Menschen, die ich kenne, sind tot oder verhaftet.

»Du hast nichts damit zu tun, oder, Noah?«, fragt meine Mutter.

»Ich?«

Mein Vater sieht mir scharf in die Augen. »Noah?«

»Ich bin ein Kind!«

»Hast du etwas Verdächtiges mitbekommen?«

»Ich habe einmal gesehen, wie Onkel durch eine fremde Taube Zigaretten geschmuggelt hat.«

»Nur das?«

»Nur das.«

Mein Vater schiebt den Koran in die Mitte des Tisches.

»Lege deine Hand auf den Koran und schwöre, dass du mit nichts davon zu tun hast und von nichts weißt.«

Ein ungutes Gefühl durchströmt mich. Auf den Koran zu schwören, ist keine unbedeutende Angelegenheit. Ich fürchte Allah. Das Heilige Buch auf diese Weise zu berühren und zu lügen, die Vorstellung löst leichte Panik in mir aus.

Ich lege meine Hand auf den Koran und überlege für einen Moment, alles zu erzählen: von den geheimnisvollen Tagen meines Onkels, von der »Operation Wandertaube«, von meiner Spionage, von Bakir, von der Flucht.

»Ich schwöre beim Heiligen Buch, dass ich nichts damit zu tun habe. Ich schwöre beim Heiligen Buch, dass ich nie etwas Verdächtiges gesehen habe.«

## DIE UNSICHTBARE BARRIERE

Vater steht mit entschlossener Miene am Wohnzimmerfenster und blickt unablässig nach draußen. Heute darf keiner mehr das Haus verlassen. In der Küche verrichten Mutter und Suad ihre Arbeiten, nur das Klappern von Töpfen und Geschirr ist zu hören.

Erschöpft von den Ereignissen des Tages und geplagt von dumpfen Kopfschmerzen lasse ich mich auf das Bett im Schlafzimmer sinken. Meine Gedanken wandern unruhig hin und her. So viel ist geschehen.

Ich schließe die Augen. In meinem ganzen Körper spüre ich, dass sich unser Leben für immer verändert hat. Hoffentlich ist Onkel Ali in Sicherheit.

Irgendwann werde ich von meiner Mutter geweckt. Ein lautes Knallen hallt durchs Haus, als schlüge jemand mit voller Kraft gegen die Wände.

»Geh bitte zu deinem Vater«, sagt Mutter. »Vielleicht braucht er Hilfe.«

»Was ist los?«

»Bauarbeiter sind da.«

Ich trete hinaus und sehe zwei Männer, die mit Hämmern auf die Mauer im Hof einschlagen, die unser Grundstück von Onkel Alis Grundstück trennt. Sie klopfen große Stücke aus der Mauer heraus und schlagen sie weg. Vater steht auf seinen Spazierstock gestützt daneben und beobachtet alles.

»Was machen sie da?«, frage ich ihn.

»Ich will so schnell wie möglich den ursprünglichen Zustand wiederherstellen lassen. Die beiden Häuser waren früher eins. Wer weiß, was sonst mit Alis Hälfte geschieht.«

»Ist das erlaubt?«

»Rechtlich läuft alles auf meinen Namen.«

»Und die Tür mit der Markierung?«

»Ich rede mit Josef darüber, wir finden eine Lösung. Vielleicht müssen wir später die Tür aus der Außenmauer entfernen und die Mauer mit Ziegeln schließen.«

Ich bleibe im Hof und helfe, wo ich kann: Ich reiche Wasser, stelle sicher, dass die Arbeiter alles haben, was sie brauchen. Sie arbeiten schweigsam, tauschen untereinander kaum Worte aus.

Ihre Arbeit ist vor Einbruch der Abenddämmerung abgeschlossen. Die Trennmauer ist vollständig weggeklopft, der Bauschutt auf den Pick-up geladen.

Unser Hof ist nun größer, weitläufiger. Unter normalen Umständen würde ich mich über die Veränderung freuen, doch ist mein Blick von Traurigkeit getrübt. Es ist, als ob das Haus meines Onkels nicht mehr ihm gehören, als ob er nicht hier leben würde.

»Noah, wir gehen rüber und räumen das Durcheinander in dem Haus auf«, entscheidet Mutter. »Suad, du kümmerst dich weiter um das Abendessen. Akram, ruhe dich aus. Du musst gesund werden! Hast du noch Wärmepflaster, oder soll Noah welche holen?«

»Ich habe noch welche.«

»Gut, dann lass uns jetzt aufräumen gehen, Noah.«

Wir betreten Onkels Haushälfte. Mutter macht sich direkt drinnen an die Arbeit, ich gehe zuerst zu den Tauben, versuche, die Tür des Taubenschlags zu reparieren.

»Noah!«, ruft Mutter aus der Küche. »Noah, komm her!«

Ich eile zu ihr.

»Schieb bitte den Kühlschrank zur Seite. Die ganze Küche muss gründlich gereinigt werden. Ich bin gleich wieder da«, sagt sie und verlässt die Küche.

Als ich den Kühlschrank bewege, sehe ich ganz hinten einen Stapel Papiere, eingewickelt in Folie. Ich ziehe die Papiere hervor und betrachte sie genauer. Auf dem Deckblatt steht geschrieben: »Ali Derwisch – Gelächter eines Taubenzüchters«.

Ich weiß, dass Mutter alles, was ihr verdächtig vorkäme, sofort im Steinofen verbrennen würde. Daher renne ich ins Wohnzimmer meines Onkels und schiebe die Papiere hinter die Regale.

## DIE ZEICHEN DES KORANS

In den frühen Morgenstunden holt Josef al-Hariri meinen Vater ab. Beide steigen in sein Auto und verschwinden. Mutter verrät nicht, wohin sie fahren; ihre Augen sind voller Sorgen. Beim Frühstück liegt eine beklemmende Schwere über dem Tisch, niemand rührt das Essen an. Schließlich steht sie auf und geht zu Onkel Alis Teil des Hauses hinüber.

»Wohin ist Vater mit Josef gefahren?«, frage ich Suad.

»Zur Polizei. Sie wollen ihn befragen.«

Ich stoße einen lauten Seufzer aus.

Suad legt ihre Hände über den Bauch.

»Wie geht es dir?«, frage ich.

»Ich fühle mich schwach und habe manchmal Schmerzen. Die Angst um Onkel Ali lässt mich nicht los. Inzwischen ist es eine Angst um uns alle. Und du?«

»Ich habe vorhin eine Schmerztablette genommen. Ich konnte letzte Nacht kaum schlafen.«

»Oh Mann!«

»Ich gehe rüber und helfe Mutter. Es gibt so viel zu tun in Onkels Haus.«

Während ich die kaputte Tür des Taubenschlags weiter repariere, taucht Mutter neben mir auf.

»Wir müssen dringend etwas gegen den Taubenkot unternehmen. So kann es nicht weitergehen.«

»Ich verspreche dir, ich kümmere mich nun jeden Tag darum.«

»Das reicht nicht. Schau dich um! Jetzt gibt es auch Kot in unserem Teil des Hofs. Zwei Tauben waren heute drüben. Sie können zwar nicht fliegen, aber sie laufen überallhin.«

»Was soll ich machen?«

»Du besorgst Draht und baust einen Zaun.«

»Einen Zaun?«

»Ja, teile den Hof deines Onkels wieder ab. Die eine Hälfte gehört den Tauben, die andere bleibt für uns.«

»Okay, aber ich habe kein Geld.«

»Ich gebe dir das Geld. Am Nachmittag besorgst du die Materialien. Jetzt machen wir erst mal weiter.«

»Alles klar.«

Der Kleiderschrank im Schlafzimmer lässt sich leicht reparieren. Eine der Türen bleibt zwar schief, doch sie erfüllt ihren Zweck. Auch die Bücherregale stelle ich wieder auf, sortiere die Bücher aber nicht alphabetisch ein wie Onkel Ali. Dafür fehlt mir die Geduld.

Gegen Mittag machen wir eine Pause. Suad serviert Reis mit Auberginensoße. Mutter und sie sitzen sich gegenüber, der Koran liegt in Suads Händen.

Ich sehe, wie Suad die Augen schließt, eine Seite aufschlägt und den Finger auf eine Stelle legt. Sie öffnet die Augen und liest die Zeile vor: »Lies dein Buch! Du sollst heute selbst über dich Rechenschaft ablegen.«

Mutter blickt sie fragend an.

»Ich bin mir nicht sicher, was ›Rechenschaft ablegen‹ bedeutet, es könnte positiv sein.«

»Was meinst du, Noah?«

»Onkel Ali liebt Bücher. Das ist bestimmt ein gutes Zeichen.«

»Jetzt suchen wir etwas über euren Vater«, sagt Mutter an Suad gewandt, die daraufhin wieder die Augen schließt.

Ich räume die Teller ab und lasse die beiden allein. Im Bad will ich kurz durchatmen, doch schon wenige Minuten später klopft es energisch an die Tür.

»Komm schnell raus!«, ruft Mutter.

»Was ist los?«

»Ich mache mir Sorgen um deinen Vater.«

»Okay«, sage ich durch die Tür.

»Hör zu. Geh zu seinem Laden. Wenn er nach der Befragung dorthin gegangen ist, bleib bei ihm. Sollte ich innerhalb einer Stunde nichts von dir hören, nehme ich an, dass alles in Ordnung ist. Aber wenn du ihn nicht findest, kommst du sofort zurück, dann fahren wir zu deiner Tante Halima. Hast du mich verstanden?«

»Ja, Mama!«

# DIE NEUE SPRACHLOSIGKEIT

Ich beschließe, nicht sofort zu Vaters Laden zu gehen, sondern zuerst bei Rasuls Restaurant vorbeizuschauen. Rasul Luqman ist ein Taubenzüchter und Vereinsmitglied. Vielleicht weiß er etwas.

An der Kreuzung herrscht ungewöhnliche Ruhe. Keine Kundgebungen, keine Polizisten, keine Bestrafungen.

Als ich vor dem Restaurant stehe, werfe ich einen gründlichen Blick durchs Fenster, kann ihn aber nicht im Inneren entdecken.

Ein Kellner tritt heraus und fragt, ob er mir etwas bringen könne.

»Ist Rasul hier?«

»Ja, er ist in der Küche. Er kommt gleich.«

Erleichtert atme ich auf.

Kurz darauf eilt er zu mir.

»Noah, schön, dich zu sehen. Wie geht es euch?«

»Nicht gut.«

»Das dachte ich mir.«

»Weißt du, was los ist?«

»Etwa zwanzig Taubenzüchter wurden verhaftet, acht davon aus eurem Viertel. Vier wurden erschossen. Über deinen Onkel gibt es viele Gerüchte: Doch alle sagen, er sei in einem der Nachbarländer.«

»Und was glaubst du?«

»Gar nichts.«

Nach einer kurzen Pause fährt Rasul fort: »Sag mal, wo hat er die Vereinsordner aufbewahrt?«

»Im Büro, im Hinterzimmer des Cafés.«

»Das Café haben sie bereits auf den Kopf gestellt. Dann haben sie nun auch die Liste mit allen Mitgliedern. Es ist nur eine Frage der Zeit, bis sie uns alle verhören. Ich jedenfalls habe nichts zu befürchten.«

»Mein Vater wurde heute Morgen zur Polizei gebracht. Er wird wohl auch verhört.«

»Er ist bestimmt wieder zurück. Wahrscheinlich ist er in seinem Laden.«

»Ich gehe gleich hin.«

»Pass gut auf dich auf, Noah. Wenn du etwas brauchst, komm einfach vorbei.«

»Danke, Rasul.«

Ich renne los. In der Basarstraße bleibt mir der Atem weg. Vor unserem Laden: Vaters Stuhl leer, die Tür einen Spalt geöffnet. Ich trete ein – und sehe ihn auf dem kleinen Sofa im hinteren Raum sitzen.

»Papa, lass uns nach Hause gehen. Bitte.«

Wortlos steht er auf, stellt den Stuhl hinter die Tür, schließt den Laden ab und stützt sich schwer auf seinen Spazierstock. Sein Kopf ist gesenkt, die Augen sind auf den Boden gerichtet, als wollte er vermeiden, jemanden zu sehen oder zu grüßen. Jeder Schritt verrät den Schmerz in seinen Schultern, in seine Gesichtszüge ist die Sorge eingegraben.

Er sagt kein Wort über das Verhör bei der Polizei. Ich stelle ihm Fragen, aber sie bleiben unbeantwortet. Er hört sie nicht.

Ist das dieselbe Sprachlosigkeit, die ihn befallen hat, als Bakir nach dem Bürgerkrieg verschwand? Suad erzählte mir, dass er danach monatelang geschwiegen habe.

Ich fürchte, dass dieses Schweigen zurückkehrt.

## GEFLÜSTER DER TAUBEN

Am Abend, als das Haus schläft, stehe ich auf. Auf Zehenspitzen schleiche ich mich rüber ins Wohnzimmer meines Onkels.

Ich schalte die kleine Lampe an und schiebe vorsichtig die Bücher zur Seite, bis ich den in Folie eingewickelten Papierstapel finde, den ich dort versteckt habe.

Ich setze mich auf das Sofa, nehme das Manuskript heraus und halte es in den Händen. Es ist vollständig von Hand geschrieben. Die Blätter zittern, als wäre selbst das Papier vor dem Inhalt auf der Flucht.

Behutsam lege ich die Niederschrift auf meinen Schoß.

Ich bin kein geduldiger Leser, nicht so wie Onkel Ali. Ich lese selten – und doch kann ich jetzt nicht widerstehen.

***

### *Ali Derwisch*

*Gelächter eines Taubenzüchters*

*»Ich sage und denke nicht, dass es keine gute Religion auf Erden gebe, allein ich sage, und dies ist nur zu wahr, dass keine unter den jetzt herrschenden Religionen ist, welche der Menschheit nicht grausame Wunden geschlagen hat.«*

*Jean-Jacques Rousseau*

*1 Das Leiden des überflüssigen Gottes*

*In einem Taubenschwarm existiert keine Hierarchie, kein Groß und Klein – alle Tauben sind gleich. Eine ältere Taube, die nicht mehr die gewohnte Höhe erreicht, wird nicht zurückgelassen. Der Schwarm wartet geduldig, bleibt an ihrer Seite, bis sie wieder mithalten kann, oder überlässt sie, wenn sie zu schwach ist, einer neuen Rolle – der des Lockvogels am Boden. Und jene, die in die Ferne fliegen möchten? Sie dürfen ziehen. Doch die Gemeinschaft bleibt unerschütterlich bei den Schwächsten. Ein schlichtes, aber eindrucksvolles Prinzip: Eine für alle, alle für eine.*

*Man könnte meinen, die Offenbarungsreligionen hätten sich dieses solidarische Ideal abgeschaut – eine spirituelle Version des Vogelschwarms, in dem alle Gläubigen mitgetragen werden. Doch in diesem Schwarm hat selbst Gott keine Chance. Der Tag, an dem er zu seiner eigenen Abschiedsfeier eingeladen wird, ist so vorhersehbar, dass es fast peinlich ist. Ein allwissender Gott müsste doch längst wissen, was ihn bei den Menschen erwartet.*

*Ein genauerer Blick auf die Konflikte der großen Buchreligionen zeigt, dass es nicht um Gott geht, sondern um Machtkämpfe unter seinen Anhängern, die sich gegenseitig ihre eigene Heiligkeit bescheinigen. Sollen wir tatsächlich glauben, dass Gott sich für die Besitzverhältnisse des Tempelbergs interessiert? Oder dafür, ob die Hagia Sophia als Moschee oder Kirche dient? Als Moschee bedient Sophia die Interessen islamischer Institutionen, als Kirche die der Christen.*

*All diese Streitigkeiten sind letztlich nur Kulissen in einem tieferliegenden Drama: Gott ist nicht tot. Er existiert, doch eher als vergessener Hausgast im kosmischen Treppenhaus, ohne Macht und ohne Einfluss. Ein überflüssiger Gott, von seinen eigenen Leuten verraten. Seit Jahrhunderten fristet er dieses einsame Dasein, während seine selbsternannten Vertreter ihn längst überstrahlt haben und sich heiliger und göttlicher fühlen als er selbst.*

*Hätte Gott seine Botschaft den Tauben anvertraut, wäre ihm ein besseres Schicksal zuteilgeworden als das menschengemachte.*

## *2 Drehbuch für eine Prophetin*

*Bei den Tauben teilen sich Männchen und Weibchen die Verantwortung für das Ausbrüten der Eier. Sie wechseln sich ab, sorgen gemeinsam dafür, dass die Kleinen nach dem Schlüpfen genug Fürsorge erhalten und später das Fliegen erlernen. Ihre Aufgabe endet, wenn der Nachwuchs selbstständig fressen, trinken und fliegen kann.*

*Frauen, die das hören, könnten durchaus neidisch werden.*

*Zwar gibt es Frauen, die als heilig gelten, doch als Prophetinnen wurden sie nie anerkannt. Maria zum Beispiel, die Mutter Jesu, hervorgegangen aus einer unbefleckten Empfängnis, erwählt und gesegnet – aber eine Prophetin? Nein. Dabei war ihr Treffen mit dem Heiligen Geist in Gestalt einer Taube wohl eine der außergewöhnlichsten Begegnungen der religiösen Weltgeschichte: Er erschien, berührte sie, und plötzlich war sie schwanger. Maria ist also die Mutter Gottes, was bedeutet, dass jeder Teil der Dreifaltigkeit irgendwie auch Teil von ihr ist. Doch selbst das reicht der christlichen Männerwelt offenbar nicht aus, um ihr den Titel einer Prophetin zu verleihen und von der Vierfaltigkeit zu sprechen.*

*Das Zusammenleben in einem Taubenschlag funktioniert pragmatisch, harmonisch, und es ist effizient. Keine Hierarchien, kein Machtkampf, keine Dogmen. Stattdessen geteilte Verantwortung, instinktive Gerechtigkeit und ein unerschütterliches Gleichgewicht.*

### *3 Göttliche Alleinherrschaft*

*Der Himmel war schon immer ein Ort, an dem sich Götter und Vögel begegnen. Seit Anbeginn der Zeit teilen sie sich denselben Luftraum – die einen mit Flügeln, die anderen mit Allmacht. Doch während sich die Tauben im Schwarm bewegen, sich gegenseitig stützen und ihre Vielfalt bewahren, ist die göttliche Ordnung einer weit weniger demokratischen Entwicklung gefolgt. Einst bevölkerten zahllose Götter den Himmel, brachten Abwechslung, trieben hin und wieder etwas Unfug. Doch irgendwo in den himmlischen Sphären kam es offenbar zu einem erfolgreichen Putsch, und seither scheint die Alleinherrschaft eines einzigen Gottes Standard zu sein.*

*Mohammed perfektionierte diese Umstrukturierung: Mit dem Siegeszug des Monotheismus löschte er etwa 360 Götter und Göttinnen der arabischen Wüste aus – das wohl größte »Massaker« in der Geschichte der Götterwelt. Seitdem regiert Allah als unangefochtener Herrscher. Den Grundstein aber legte Abraham, der Erfinder der göttlichen Einpersonenregierung. Seine Linie begründete das, was man heute die »Agentur für Monotheismus« nennen könnte – mit Niederlassungen in Jerusalem, Rom und Mekka.*

*Heutzutage kämpfen die Menschen vielerorts auf der Erde für Demokratie und Freiheit, ihr Glaube an einen Alleinherrscher im Himmel ist aber ungebrochen. Irdischer Fortschritt mag möglich sein – der Himmel jedoch steht still. Nur im Taubenreich gab es bis heute keine Putschversuche.*

*Die Tauben fliegen noch immer gemeinsam – als letzte Hoffnungsträger des Himmels.*

***

Es ist zu viel. Viel zu viel. Onkel Ali hat noch hundertelf weitere Texte geschrieben, über dem letzten steht die Ziffer »114«.

Zeile um Zeile über Tauben und Götter. Es sind wilde, wahnwitzige Ideen. Ich kann das nicht weiterlesen.

Ich wickle das Manuskript wieder in die Plastikfolie und stelle es ins Bücherregal. Das ist Wahnsinn auf Papier. Solche Gedanken, solche Worte – wir leben in einer Welt, in der sie den Tod bringen.

## ALI SOLL ER HEISSEN

Einige Tage später ist die markierte Tür von Bauarbeitern entfernt und der Durchgang mit Ziegeln und Mörtel verschlossen worden. Nun betritt man beide Häuser nur noch durch eine einzige Haustür – unsere.

Um den Taubenschlag steht inzwischen ein Zaun, sodass die Vögel nicht mehr im ganzen Haus herumlaufen können. Onkels Wohnzimmer ist penibel aufgeräumt, die Bücher sind akribisch alphabetisch sortiert. Mutter nennt den Raum jetzt »Noahs Zimmer«. Gestern las ich heimlich weiter im *Gelächter eines Taubenzüchters* und versteckte es anschließend doch lieber wieder hinter dem Kühlschrank, statt es ins Bücherregal zu stellen.

Wir alle machen uns Sorgen um Vater. Erst verlor er seinen ältesten Sohn, nun seinen jüngeren Bruder. Seine gesundheitlichen Beschwerden verschlimmern sich, doch er stürzt sich in die Arbeit. Mutter dagegen hält die Familie zusammen. Sie scheint der gedrückten Stimmung ihre ganze Stärke entgegensetzen zu wollen. Wie sie das schafft, bleibt mir ein Rätsel. Sie bewegt sich wie eine Märchenfigur durch den Alltag: sorgt für den Haushalt, kümmert sich um ihren kranken Mann, ihre schwangere Tochter und um mich, ihren verirrten Sohn.

Suad hingegen trägt ihre Ablenkung in sich – das Baby. Beim Frühstück verkündet sie heute, dass sie sich endlich für einen Namen entschieden habe.

»Ali soll er heißen.«

Keiner von uns kommentiert das. Vater drängt Suad, sich fertig zu machen, damit er sie zur Frauenärztin begleiten kann. Gemeinsam verlassen sie das Haus.

Es ist kurz vor Mittag, ich sitze auf einem Hocker vor dem Taubenschlag, füttere die Vögel mit Brotstückchen.

Plötzlich klopft es an der Tür. Ich will aufstehen, aber Mutter legt mir die Hand auf die Schulter und geht selbst. Sie richtet ihren Niqab und fragt durch die verschlossene Haustür: »Ja?«

»Polizei.«

Mutter öffnet die Tür, und zwei bewaffnete Männer drängen herein.

»Zurück!«, befehlen sie, und Mutter eilt zu mir. Die Männer treiben uns ins Haus, bleiben vor der Wohnzimmertür stehen und starren ins Nichts. Dann kommt ein Maskierter in den Raum. Er fixiert mich.

»Noah Derwisch?«

»Ja.«

»Du kommst mit.«

»Warum?«, fragt Mutter und stellt sich schützend vor mich.

»Es ist nur eine Befragung. In einer Stunde ist er wieder da.«

Der Maskierte gibt den anderen ein Zeichen. Mutter hält mich fest und ruft: »Er ist ein Kind! Bitte, haben Sie selbst Kinder?« Einer der Polizisten stößt sie grob weg. Sie prallt gegen die Wand und geht zu Boden.

Ich schreie auf und stürze auf den Mann zu, doch der andere ergreift mich, legt seinen Arm um meinen Hals, drückt zu und zieht an meinen Haaren. Ich kann nicht entkommen. Sie zerren mich aus dem Haus, durch den Hof und werfen mich in einen Wagen.

Sofort sind meine Hände in Handschellen, ein Sack wird mir über den Kopf gestülpt. Trotz des Dröhnens in meinen Ohren höre ich die Rufe meiner Mutter.

## DIE FAHRT INS UNGEWISSE

Mein Puls hämmert in meinen Schläfen, der Sack drückt auf mein Gesicht und nimmt mir die Luft zum Atmen. Meine gefesselten Hände tasten über das warme Leder der Autositze, während vor meinem inneren Auge das Bild meiner Mutter auftaucht, wie sie nach dem Stoß zu Boden stürzt. Tränen vermischen sich mit dem Schweiß auf meiner Haut.

Das Auto fährt schnell, und jede Kurve und jedes Bremsen verursacht einen Schmerz in mir.

Der Wagen beschleunigt, hält kurz. Stimmen von außen rufen: »Weiter, weiter!«, gefolgt von einem Schlag auf das Autodach.

Er fährt wieder.

Wohin bin ich unterwegs? Warum? Onkel Ali? Die »Operation Wandertaube«? Das Manuskript?

Plötzlich stoppt der Wagen abrupt. Die Tür wird aufgerissen, eine Hand packt meinen Arm. Ich stolpere aus dem Auto, jemand zieht mich mit in ein Haus, drückt mich grob auf einen Stuhl.

Eine andere Stimme: »Noah Akram Derwisch?«

Ich bringe nur ein kurzes ›Ja‹ hervor.

Dann werde ich wieder hochgerissen und weitergeschleift. In einem anderen Raum drückt man mich wieder auf einen Stuhl. Ich merke gleich, dass dieser Raum klimatisiert ist. Er riecht nach Weihrauch und Ölen.

»Ist er es?«

»Ja. Er ist es.«

»Gut, raus!«

War das Mohameds Stimme? Mein Körper bebt, als hätte ich hohes Fieber. Die Handschellen fühlen sich plötzlich doppelt so fest und eng an.

»Alter?«

»Vierzehn, bald fünfzehn.«

»Was machen deine Eltern?«

»Mein Vater verkauft Kleider. Meine Mutter ist Hausfrau.«

Die Fragen gehen weiter – Geschwister, Onkel, Verwandte. Die Stimme fragt schnell, sachlich, als würde sie Puzzlestücke zusammensetzen.

»Wo ist Ali Derwisch?«

»Ich weiß es nicht.«

Ein harter Schlag trifft meinen Hinterkopf.

»Spiel nicht mit uns!«

»Die Polizei sucht ihn«, stammele ich.

»Hat er etwas geschmuggelt?«

»Nicht, dass ich wüsste.«

»Hat er Kontakte zu Feinden geknüpft?«

»Nicht, dass ich wüsste.«

Ein weiterer Schlag.

»Erzähl mir von den Tauben.«

»Tauben … sind treu, friedlich und liebevoll.«

Die Stimme lacht.

»Erzähl mir lieber, warum du hier bist.«

Ich überlege kurz.

»Ich bin hier wegen Onkel Ali.«

»Bist du sicher?«

»Ja.«

Ein erneuter Schlag, diesmal ins Gesicht. Der Schlag reißt mich fast vom Stuhl.

»Überleg dir deine Antworten gut. Ich lasse dich jetzt allein. Denk nach.«

Der Raum wird still. Ich höre nur das Summen einer Klimaanlage und Atemzüge. Es sind nicht meine eigenen. Jemand muss mit im Raum sein und weiter auf mich aufpassen. Mein Kopf dröhnt. Was wissen sie? Hat Mohamed etwas von dem Bild erzählt? Wie soll ich mich verhalten?

Die Tür geht auf.

»Und?«

»Mein Onkel ist unschuldig. Er hat nichts getan.«

»Willst du mich verärgern?«

Der nächste Schlag wirft mich vom Stuhl, mein Kopf trifft den Boden. Ein Fuß drückt mir auf den Rücken.

»Ich bin der Einzige hier, der dir helfen kann. Verstehst du das nicht?«

Ich verstehe es nicht.

»Hilf uns, und wir helfen dir … Al Pacino … Klingelt da etwas?«

Ein Telefon klingelt.

»Mein Herr … Ja, verstanden.«

Der Fuß verschwindet von meinem Rücken. Jemand hebt mich vom Boden auf und setzt mich wieder auf den Stuhl.

»Wir sprechen morgen weiter. Denk über deine Antworten nach. Jetzt in die Zelle!«

## GELÄCHTER
## DER MÄNNER

Ich werde in einen anderen Raum geführt. Ich kann hören, dass hier irgendwo ein Ventilator angeschaltet ist. Jemand bleibt dicht hinter mir. Mein Gesicht brennt, und ich schmecke Blut.

Ich werde wieder weitergeführt. Eine Tür wird geöffnet, Schritte kommen und entfernen sich, dann fällt sie wieder ins Schloss. Nach weiteren Schritten spüre ich die Anwesenheit mehrerer Menschen.

»Ist er es wirklich?«, sagt einer.

»Ja.«

»Al Pacino?«

»Ja.«

Ein schallendes Gelächter bricht aus.

»Al Pacino!«

»Hallo!«

Lautes Lachen.

Plötzlich trifft mich eine Ohrfeige, scharf.

»Al Pacino wird vermöbelt!«

Das Gelächter hallt um mich herum.

Jemand schubst mich. »Beweg dich!« Er tritt mir aufs Bein. Ich stolpere, richte mich wieder auf und gehe weiter.

Türen öffnen und schließen sich, Schritte hallen, die Luft wird mit jedem Meter feuchter und muffiger. Wir bleiben stehen. Die Handschellen werden entfernt, der Sack wird von meinem Kopf gezogen.

»Los, rein mit dir, Al Pacino!«

Ein Stoß, und ich fliege in die Zelle.

## ACHT QUADRATMETER ANGST

Sechs junge Männer sitzen in der Zelle, ihre neugierigen Blicke ruhen auf mir.

Etwa acht Quadratmeter. Ein kleines vergittertes Fenster gibt den Blick auf eine kahle Mauer frei. Neben der Zellentür prangt ein Schild: »Sauberkeitshäuschen«. In einer Ecke liegt ein Stapel Decken, daneben Kupferteller. Ein niedriger Tisch mit Koran-Exemplaren und Gebetsteppichen steht an der Wand.

Der Boden ist kühl, doch die Luft stickig und feucht.

Ich suche mir einen Platz, lehne mich an die Wand und schließe die Augen. Ich denke an meine Mutter, sehe sie vor mir, wie sie zu Boden gestoßen wird. Ich hoffe, dass sie unverletzt ist. Suad und das Baby waren nicht zu Hause, und dafür bin ich dankbar. Mein Vater wird alles tun, um mich hier rauszuholen, da bin ich mir sicher.

Doch ich habe Angst. Furchtbar viel Angst.

## DIE LANGE NACHT

»Wach auf!«, ruft jemand und zieht mich grob hoch. »Gebetszeit.«

Die anderen stehen bereits in einer Reihe vor dem Sauberkeitshäuschen, der Muezzin ist hier deutlich zu hören.

Nach der rituellen Waschung breitet jeder einen Gebetsteppich aus, geordnet in drei Reihen. Ein Wärter erscheint an der Gittertür. Als einer »*Allahu akbar*« ruft, entfernt er sich.

Nach dem Gebet kehrt wieder Stille ein. Niemand spricht.

Einer erhebt sich, nimmt einen Teller und reicht ihn durch die Gitteröffnung. Andere folgen. Von draußen dringen Geräusche – Schritte, Klappern, Stimmen. Einer, der sich als Kawa vorstellt, signalisiert mir, mich anzuschließen.

»Ich möchte nichts«, sage ich.

»Dann nimm es für mich.«

Widerwillig stelle ich mich an.

Ein Mann in blauer Uniform schöpft Reis und Bohnensoße in die Teller. Ich reiche meine Portion weiter an Kawa und setze mich zurück auf den Boden.

Kawa gesellt sich zu mir. Obwohl er isst, spricht er unermüdlich. Seine Worte verschmelzen zu einem Hintergrundrauschen, meine Gedanken schweifen immer wieder ab. Er redet von seiner Familie, seinem Bruder, der mit ihm wegen Schmuggels von Zigaretten und Alkohol inhaftiert worden sei. Jetzt, vor einer erneuten Verhandlung, sei er hierher verlegt worden.

»Die Verfahren gehen schnell.«

Seine Worte dringen langsam zu mir durch.

»Warum bist du hier?«, fragt er.

Ich öffne die Augen. »Lass mich in Ruhe«, sage ich.

Doch er bleibt hartnäckig, kommentiert mein blaues Auge und spekuliert über den Grund meiner Verhaftung. Seine Hartnäckigkeit prallt an mir ab, meine Gedanken kreisen um das Verhör, die Worte des Beamten: »Wir sprechen morgen weiter.«

Ich hoffe, dass dieser Tag nie anbricht.

Später breitet jeder eine Decke auf dem Boden aus, Kawa und ich liegen nebeneinander. Der Boden ist hart, jede Position schmerzt.

»Ich vermisse das große Gefängnis«, murmelt Kawa. »Dort hatte ich wenigstens eine Matratze.«

Ein Junge, abgemagert und mit tiefen Augenringen, sitzt aufrecht und liest im Koran. Als eine Stimme »Schlafenszeit« ruft, erlischt das Licht, und Dunkelheit verschlingt den Raum.

Ich liege wach, meine Gedanken wandern.

*Onkel Ali fragt, ob wir die Mövchentaube verkaufen sollten. Ich höre mich sagen, ein altorientalischer Vogel wie sie bringe Unglück. Ayoub erscheint mit Käfigen voller Wandertauben, gibt mir Geld für eine grüne Taube, die gar nicht existiert, während seine Vögel sich im Käfig in Rauch auflösen. Mohamed und Shirzad rennen auf mich zu, bewaffnet. Warum schießen sie?*

*»Allahu akbar!«*

Der Ruf des Muezzins reißt mich aus dem Traum. Das Licht geht an.

»Aufwachen, Morgengebet!«

## DIE DEUTSCHE HAND

Lichtstreifen tanzen an der Wand neben dem vergitterten Zellenfenster. Der Ruf des Wärters. Er nennt meinen Namen, sagt, ich solle mich bereithalten. Es folgen keine weiteren Anweisungen. Ich warte vor der Zellentür.

Kawa tritt an meine Seite.

»Bleib stark«, flüstert er.

Ich reagiere nicht.

»Hast du etwas gestanden? Oder Zeugen erwähnt?«, möchte er wissen.

Ich schweige.

Als der Wärter erscheint, zieht sich Kawa mit einem aufmunternden Lächeln zurück.

»Rauskommen!«

Keine Handschellen, kein Sack. Ich werfe einen schnellen Blick zu Kawa, der mir mit einem hochgereckten Daumen signalisiert, dass dies ein gutes Zeichen sei. Seine Erfahrung lässt mich hoffen.

Der Wärter packt mich fest am Oberarm und führt mich wortlos durch einen dunklen Flur. Wir passieren mehrere Zellentüren, bis wir vor einer Metalltür zum Stehen kommen. Drei Schlösser klicken, die Tür schwingt auf, und er stößt mich hindurch. Plötzlich stehe ich ohne Wärter da; es fühlt sich an wie ein Traum.

Der Raum dahinter ist hell, die Wände strahlen weiß. Der Kontrast zu den dunklen Korridoren ist überwältigend.

In der Mitte steht ein Mann: Ralf Abu Islam. Ein Gewehr

hängt über seiner Schulter, in der Hand hält er eine Ledertasche.

Ralf streckt seine Hand aus, und ich ergreife sie fest. Seine Hand fühlt sich an wie die Rettung.

»Geht es dir gut?«, fragt er leise.

»Ja«, antworte ich ebenso leise.

»Wir müssen noch warten«, sagt er.

Ein Mann mit Brille und einem blauen Ordner in der Hand betritt den Raum.

»Folgen Sie mir«, sagt er zu Abu Islam.

Wir gehen durch eine weitere Tür und kommen in einen Raum, der belebt ist. Menschen sitzen, unterhalten sich, gehen hin und her. Der Mann mit Brille legt den Ordner auf einen Tisch, nimmt ein Blatt Papier heraus und platziert es vor Abu Islam.

»Unterschreiben Sie hier«, sagt er.

Abu Islam greift nach dem Stift und unterschreibt ohne Zögern.

»Sie können ihn mitnehmen. Gott sei mit Ihnen.«

»Gott sei mit Ihnen«, erwidert Abu Islam.

Doch er führt mich nicht direkt nach draußen, wie ich gehofft habe. Stattdessen zieht er mich in eine ruhigere Ecke, holt sein Handy aus der Hosentasche und wählt eine Nummer. Ich verstehe wenig von seinem Gespräch – nur meinen Namen und das Wort »Allah«.

Plötzlich reicht er mir das Handy.

Ich halte es ans Ohr.

»Hallo?«

»Noah, ich bin es, Bakir.«

»Bakir?«

»Hör zu, du machst alles, was Abu Islam dir sagt. Morgen bringt er dich in ein Ferienlager. Ich besuche dich dort am Wochenende. Aber erzähl keinem davon, verstanden?«

»Ja.«

»Wir sehen uns.«

## OHRFEIGE UND UMARMUNG

Draußen blendet mich die Sonne. Diese Helligkeit fühlt sich unwirklich an. Zu Fuß gehen wir zu einem kleinen Park, der gleich in der Nähe liegt. Dort sehe ich meinen Vater vor dem Eingang eines Kiosks stehen, gestützt auf seinen Spazierstock. Kein Lächeln zeigt sich auf seinem Gesicht, als er mich sieht, stattdessen verrät sein Ausdruck Ärger und Anspannung.

Ich senke den Kopf, fixiere den Boden unter meinen Füßen und gehe langsam auf ihn zu. Unsere Blicke treffen sich noch einmal kurz, dann wendet sich Vater Abu Islam zu.

»Morgen hole ich ihn ab, so gegen zehn Uhr«, sagt Abu Islam. »Eine kleine Tasche mit Kleidung reicht.«

»Ich danke dir von Herzen«, erwidert mein Vater und schüttelt ihm die Hand, ohne dass sich die Anspannung in seinem Gesicht löst.

»Noah«, sagt Abu Islam, beugt sich leicht vor und sieht mir direkt in die Augen. Seine blauen Augen wirken ernst, fast streng. »Ich habe für dich gebürgt. Morgen bringe ich dich ins Ferienlager. Dort sind gute Männer, die sich um dich kümmern. Machst du ordentlich mit?«

»Ja«, antworte ich. »Danke für alles.«

»Bis morgen«, sagt er, blickt sich um, überquert die Straße, steigt in sein Auto und fährt davon, winkt uns.

Mein Vater und ich gehen los. Vater schweigt, geht mit langsamen, schwerfälligen Schritten. Der Klang seines Spazierstocks hallt auf dem Asphalt wider, jeder Aufprall ein Ausdruck seiner Enttäuschung. Mein Kopf ist leer. Mein einziger Wunsch ist, dass Vater mir das Chaos, das ich verursacht habe, irgendwann verzeihen kann.

Die Hauptstraße taucht vor uns auf. Mein Vater bleibt plötzlich stehen, dreht sich zu mir um. »Komm näher!«, befiehlt er mit rauer Stimme.

Ich gehorche, trete vor ihn. Eine Ohrfeige trifft mich. Sofort dröhnt es wieder in meinen Ohren. Bevor ich irgendwie reagieren kann, zieht er mich in eine feste Umarmung. Sein Körper zittert, ich höre ihn schluchzen und erwidere die Umarmung.

»Es tut mir so leid, Papa.«

»Hat dir jemand wehgetan?«, fragt er und mustert mein Gesicht. Sein Blick bleibt an meinem geschwollenen Auge hängen.

»Alles gut«, sage ich.

»Tut das Auge weh?«

»Nicht schlimm.«

»Deine Mutter wartet. Schnell. Sie hat so um dich geweint.«

»Ist sie verletzt?«

»Nur ein paar Kratzer.«

»Gut.«

»Sie hat vorgeschlagen, Abu Islam um Hilfe zu bitten. Sie meinte, ihr hättet euch gut verstanden.«

Ich schweige. Mein Vater weiß nichts von Bakir. Dass er hinter meiner Freilassung steckt, dass er Onkel Ali geholfen hat. Doch ich darf ihm nichts davon erzählen, das würde alles noch komplizierter machen.

Wortlos setzen wir unseren Weg fort.

## IRGENDWANN

Irgendwann stehe ich wieder auf dem Dach, ein leichter Wind streicht durch die verlassenen Straßen. Ich nehme die Vogelschreckfahne, befestige sie an einem langen Stock.

Die Sonne steht gleißend über den Ruinen. Ihre Strahlen lassen die Federn der Tauben schimmern, die ungeduldig mit den Flügeln schlagen. Ihre wachen Augen folgen jeder meiner Bewegungen. Sie wissen, was kommt. Ich öffne die Tür des Taubenschlags, lasse die Tiere heraus. Die Vögel flattern um mich herum, aufgeregt und freiheitsdurstig.

Mit einem Ruck hebe ich die Fahne in den Wind. Der Stoff tanzt, und die Tauben reagieren sofort. Sie steigen auf, eine nach der anderen, ihre Flügel schlagen kräftig, und bald sammeln sie sich am Himmel, drehen ihre Kreise über den zerstörten Dächern. Der Wind trägt das Rauschen ihrer Flügel zu mir herab, und für einen Moment scheint die Zeit stillzustehen.

Der Himmel ist klar, die Silhouetten der Tauben zeichnen sich scharf gegen das Blau ab. Dieser Augenblick gehört uns, den Tauben und mir.

Ich gehe zurück zum Schlag und schiebe die Tür auf. Schneeweiß sitzt noch auf ihrem Platz. Ich nehme sie behutsam in die Hände, spüre ihre Nervosität, ihr Zappeln. Ihre Federn sind glänzend, ihre Schwungfedern kräftig – obwohl sie noch nie geflogen ist. Für einen Moment zögere ich, betrachte sie genauer. In ihren Augen spiegelt sich meine eigene Unsicherheit.

Der Schwarm kreist hoch über mir. Ich atme tief durch, spüre die Wärme des Himmels und die Kühle des Windes auf meiner Haut. Dann werfe ich Schneeweiß in die Höhe.

Ende